Tokimori&
Yato
「鬼の王と契れ」

「ち、近づくなって言っただろ！　もとの位置まで下がれ」

鴉守は壁に背中を押しつけながら叫んだ。

ほんの三十センチ手前で夜刀が止まった。両手を床につい
たまま、獣のような体勢だ。

「目を逸らさずに、俺を見ろよ。……見てくれよ」

（本文P.139より）

鬼の王と契れ

高尾理一

キャラ文庫

この作品はフィクションです。
実在の人物・団体・事件などにはいっさい関係ありません。

目次

口絵・本文イラスト／石田　要

プロローグ

夜刀《やと》は窓の外から、とある家の居間を覗《のぞ》いていた。

矢背《やせ》家の分家筋に、十年ぶりに鬼使いが生まれたのだ。

先祖に鬼がいて、鬼の血が混じっているという矢背の家系からは、普通の人の目には見えない異形の鬼の姿をよく見、鬼と契約を結んで使役するもの——鬼使いがときどき現れる。

和風建築の家の居間は和室で、真新しい純白の小さな羽毛布団に埋もれるように、鬼使いの赤ん坊が眠っていた。

床の間に飾られた命名軸の名前は「鴇守《ときもり》」。

可愛《かわい》らしい名前だ。

布団に寝かされている赤ん坊の周りを、両親と祖父母が取り囲んでいる。

「ここからじゃ、見えねぇよ」

ひとりごちた夜刀は、窓と壁を通り抜けて居間に入っていった。

家族の誰もが、百九十センチはある夜刀が突如として室内に現れ、のこのこ歩いてきて鴇守の頭上にしゃがみ、その寝顔を覗きこんでいることにまったく気づいていない。

赤ん坊はよく寝ていた。

人間を可愛いと思ったことはないが、この子は違った。薄桃色の柔らかそうな肌や、ふわふわしている髪がなんとも言えず愛くるしい。

「……ときもり」

夜刀は小さな声で名を呼んだ。

その声が聞こえたかのように、赤ん坊が眠りから覚めた。

無垢《むく》な瞳が夜刀に向けられ、夜刀は目が離せなくなった。

強烈な引力を感じていた。言葉にはできない力で、とにかく惹《ひ》きつけられる。

この子からいっときも離れたくない。つねにそばにいて姿を見ていたい。どんな敵からも守ってやりたい。この子のためになんでもしてやりたい。

そんな衝動が湧《わ》き起こってきて、夜刀の全身を満たした。赤ん坊の成育のために必要な両親でさえ、排除したくなるほどの独占欲もあった。

鴇守と夜刀は一対であるべきだ。なにものも二人の間に入ってはならないし、入ろうとするものは排除する。幸い、夜刀にはそうするだけの力があった。

「鴇守」

夜刀は明確に呼びかけた。

鬼が見えない大人たちが無視するなか、鴇守だけは夜刀に注意を向けている。言葉の意味は理解していないのだろうが、ちゃんと夜刀の声が聞こえているのだ。

気分がよくなり、夜刀はさらに顔を近づけた。

「可愛い鴇守。俺の鬼使い。俺は夜刀。お前が持てる唯一の鬼だ。早く大きくなって、俺と契約をしろ」

夜刀はふと、はじめに自分が覗いていた窓に目を向けた。窓ガラスには大小さまざまな大きさの鬼たちが無数に群がり、鴇守を一目見ようとしていた。

家のなかにまで入ってこないのは、夜刀の力に怯《おび》えているからだ。

「去《い》ね！」

怒った夜刀が吐き捨てるように命じると、鬼たちは慄《おのの》き、慌てふためきながら散り散りに逃げていった。

「んあー」

窓を睨《にら》んでいた夜刀は、あどけない赤ん坊の声に誘われ、また鴇守に視線を戻した。

鴇守が機嫌よく笑っているので、夜刀もつられて笑った。

先ほど威嚇《いかく》に使用した、どんなに硬いものでも嚙《か》み砕ける鋭く長い牙《きば》を剝《む》きだしにしたまま。

次の瞬間、鴇守の顔は険しく歪《ゆが》み、火がついたように泣きだした。

1

「ん……んんっ」

なんだか気持ちがよくて、鴇守は小さく喘《あえ》いだ。

自分が目を閉じているのはわかっていたが、頭のなかがはっきりしないので、夢でも見ているのかもしれないと思う。

しかし、夢のわりには次々に襲いかかってくる快感がリアルだった。

身体《からだ》の上になにか小さなものが乗っていて、鎖骨のあたりを撫《な》で、乳首を捏《こ》ねまわして下降し、下着越しに性器の形をなぞっている。小さいといっても小柄な猫くらいの大きさで、それなりに重みがあるので苦しい。

「うぅ……ん」

鴇守が腰を捩《よじ》ったら、その小さなものは動くなとばかりに、ぺちぺちと下腹部を叩《たた》いて抗議した。

痛くはないが、叩かれる感覚もリアルである。思わず固まった鴇守は、それが下着のウエストのゴムを潜り、直接陰茎に触れ始めるのを止められなかった。

幹を擦られ、敏感な先端を突かれると、一気に快感が高まってしまう。

「あっ、あ……っ」

性器は瞬く間に勃起《ぼっき》し、下着を押し上げた。

括《くび》れを引っ掻《か》いたり裏側を撫で上げたり、愛撫《あいぶ》は止まらないが、射精まで導いてくれるような強い触れ方ではないので、非常にもどかしい。

しばらく身を委《ゆだ》ねていたものの、どうにも我慢しきれなくなって、鴇守は自らの手を股間《こかん》に伸ばした。

ところが、腹の上に乗って陰茎を好き勝手に弄《いじ》っているものが、それを邪魔してくる。

「むぅ……」

いきたいのにいけず、触りたいのに触れないストレスが溜まった鴇守は、苛立《いらだ》ちに任せて手を大きく振り、障害物を払い退《の》けた。

「わぁっ!」

鴇守のものではない悲鳴があがり、その声で鴇守はぱちっと瞼《まぶた》を上げた。

状況は瞬時に把握できた。目覚めはいいほうだし、第一、いやらしい夢を見ていたわけではなかった。あの心地よさはすべて、現実のものなのだ。

「なにすんだ、痛いじゃねぇか!」

枕から頭を浮かし、視線を下に向けると、猥褻《わいせつ》行為を働いていた犯人がベッドの上に胡坐《あぐら》を搔き、腕を組んでぷりぷり怒っていた。

鴇守はまず、自分の格好にがっくりきた。

掛け布団は剝《は》がされ、着ていたパジャマの上は首元までまくれ上がり、ズボンはずり下ろされて、太腿《ふともも》の半ばあたりで止まっている。乱れた下着のウエスト部分から、膨らんだ陰茎の先端が覗いていた。

「……夜刀。寝込みを襲うのはやめろって、何度も言ってるだろ」

鴇守は性器を下着のなかに無理やり押しこみ、ズボンを引き上げ、シャツの裾《すそ》を下に引っ張りつつ身体を起こした。

ここまでされていても気づかず寝惚《ねぼ》けていた自分の鈍さに対する八つ当たりも込めて、夜刀を睨む。

「襲ってない。俺は鴇守を味わってただけだ」

堂々と答える夜刀の全長は四十センチ。顔つきは十五、六歳で、黒い髪に浅黒い肌をしており、裸の身体に虎の模様の布を腰に巻きつけている。

小型なだけで姿形は人間そっくりだが、もちろん人間ではない。金色に輝き、猫のように縦に閉じる瞳と、黒い髪の下から生えている二本の白い角が、彼の正体を如実に表している。

夜刀は鬼なのだ。

鴇守と契約し、鴇守が使役する小さな鬼。

そして、鴇守は鬼使いだった。

平安時代から脈々とつづく鬼使いの家系、矢背家の分家筋に生まれ、五歳のときに小鬼の夜刀と出会い、八歳で使役鬼として契約を結んだ。

矢背家のしきたりに従い、十五歳から夜刀と組んで鬼使いの仕事を引き受けるようになって、五年半ほどになる。

鴇守は誕生以来ずっと実家で両親、父方の祖父母と暮らしていたが、大学入学を機にこのワンルームマンションに引っ越して、夜刀との二人暮らしを始めた。鬼は普通の人間の目には見えないから、表面上は一人暮らしである。

鬼使いと使役鬼は、相思相愛の主従関係に近い。鬼使いは自分の使役鬼が可愛いし、使役鬼は自分の鬼使いが大好きだ。

あたかも忠誠を誓う犬のように、夜刀はかたときも鴇守から離れたがらず、鴇守も夜刀を離したくなかった。

鴇守にとって、夜刀は忠実な使役鬼であり、幼いころからともに育ったかけがえのない親友でもある。

そのせいか、主人と従者の区切りが明確でなくなり、鴇守との約束事を夜刀が守らないことが増えてきた。

夜刀には甘くなってしまいがちだが、ここは主《あるじ》としてビシッと言わねばなるまい。

そう思い、鴇守は胸の前で腕を組み、精一杯の威厳を作った。

「俺の了解を得ずに触ることを襲うって言うんだ。こういうことを、俺はされたくない。仕事の褒美なら、昨日の晩にあげたじゃないか」

「足りなかったんだ。俺はもっと鴇守に触りたい。鴇守の全身を舐《な》めて味わいたい。鴇守の唇や肌を吸うと、元気が出る。だって、鴇守は可愛いから」

夜刀はケロッとした顔で口答えした。

「……っ」

説教をするつもりだったのに、鴇守は顔を赤くして俯《うつむ》いた。

盛り上がっている股間が目に入り、達しきれなかった未練がそこをじんじんと疼《うず》かせ始める。一度昂《たかぶ》ると、若い身体はなかなか平静を取り戻せない。

大学三年生にもなって、誰ともつき合ったことのない童貞だということも関係しているかもしれない。

夜刀は独占欲が強く、鴇守が恋人を作ることを許さなかった。

それどころか、せっかくの一人暮らしだというのに、アダルトＤＶＤはもちろん、購入に年齢制限のない水着姿のグラビアアイドルが掲載されている週刊誌でさえ、鴇守が見るのをいやがり、手に入れようとすると邪魔をしてくる。

俺だけを見ていろ、と言うのである。

あいにく、全長四十センチの鬼を見ていても、性的好奇心は満たされない。しかも雄だ。

鴇守は主だから、強く命じて従わせることもできるのだろうが、厳しく真面目《まじめ》な顔で「俺はどうしてもエロ本が読みたい。来《きた》るべき日に備え、参考のため、セックス動画を見たい」とはなかなか言えるものではなかった。

鴇守の股間に、夜刀のもの欲しそうな視線が突き刺さっている。

「なぁ鴇守。硬くなってるそれ、舐めさせてくれ。ちょっとだけでいいから」

「……駄目だ！」

鴇守は赤い顔で叫び、夜刀を蹴《け》り飛ばさん勢いでベッドを下りてバスルームに駆けこんだ。

「あっ、シャワーなら俺も……」

「お前は立ち入り禁止って言っているだろ！　入ってきたら、今日は一日透明人間の刑だぞ。相手をしてほしかったら、そこで待ってなさい」

脱衣所のドアを閉める前に釘をさし、バスルームのドアに鍵をかける。

夜刀は小さいながらもさまざまな異能を持っていて、鍵がかかっている部屋でも壁を通り抜けてくるので、実質的な防御にはならないのだが、無施錠より施錠したほうが鴇守の気持ちが落ち着く。

バスルームの壁に設置された鏡に映る自分を、鴇守は見るともなしに見た。

色は白く、ひょろっとしていて、逞《たくま》しさとは無縁の肉体である。黒い髪は猫っ毛で、寝ぐせがついていた。

二重の目と、すっと通った鼻、薄い桃色の唇が小顔に収まっている。女顔だと言われるが、家族の誰とも似ていない。

視線を下げれば、半勃ちの陰茎が映っていた。冷たい水を被《かぶ》って欲情が鎮まるのを待つ日もあるけれど、今日は無理そうだ。

シャワーの湯を出して、鴇守は目を閉じた。興奮している自分の姿を鏡で見ながら自慰する趣味はない。

手探りで陰茎を握り、手早く擦りたてる。

朝からバスルームにこもってこんな行為をしている情けなさは、快感が高まってくるに従って薄れていった。

男とは単純な生き物だと思う。

鴇守は左手で幹を扱《しご》き、右手の指の腹で、先端の孔をくるくると撫でまわした。

「……っ」

敏感な部分への刺激にぞくりと背筋が震え、吐息が漏れる。

声を出さないように我慢するのはもはや習慣になっていて、意識しなくても、奥歯を嚙んで唇はしっかりと閉じていた。

流れるシャワーの湯に混じり、ぬるりとしたものが滲《にじ》みでてきて滑りがよくなってくると、括れを引っかけるようにして何度も扱く。

夜刀が待っているし、大学へも行かなければならないので、じっくりと楽しんでいる時間はない。ひたすらに、頂点に向かって追い上げていくだけだ。

「ふ……っ、……っ」

荒くなってくる呼吸を、出しっぱなしのシャワーの音が消してくれているといい。

手を激しく動かして、一番心地いい場所を、自分でしか調節できないちょうどいい強さで擦り上げる。気持ちよさで、タイルを踏みしめている脚が震えた。

自慰にはいつも、うしろめたさが伴う。

親には言えない、いけないことをしている気持ち。自分で自分を慰めるなんて恥ずかしいという気持ち。

それでも、快楽には逆らえない。のぼりつめていくのを止められる男なんていない。

「……は、……んっ！」

噛み殺せなかった声とともに、鴇守は精液を吐きだした。

びくびく跳ねる陰茎を握り締め、放出の快感に浸る。射精が終われば、残滓《ざんし》を絞りだし、痕跡はすべてシャワーで流してしまう。

余韻が引くと、鴇守は大きなため息をついた。

不毛な行為である。欲情の波が去ったあとは、冷静に己を振り返る時間がやってきて、とても落ちこむのだ。

いつまでこんなことがつづくのか。鴇守が鬼使いで、夜刀を使役している以上、答えは明白だが認めたくなかった。

夜刀が鴇守の身体に触れるようになったのは、鴇守が鬼使いの仕事を始めた十五歳のときだった。

使役鬼に仕事をさせると、鬼使いは報酬を与えなければならない。

ほとんどの鬼は自らの力の増幅を求めて、人間の血肉を欲しがる。殺してしまわない程度の量でも我慢できるが、一滴の血も残さず骨まで食らい尽くすと、それはもう力が漲《みなぎ》り、小型の鬼だと体躯《たいく》も大きくなるらしい。

人間が動物の肉を食べるように、鬼は人間の肉を食べる。非道も外道《げどう》もない、そういう存在なのだ。

わかってはいても、鴇守には生理的な嫌悪感があった。夜刀がそんなものを食べているところを想像するだけで吐きそうになる。

鬼として人の血肉を求める夜刀を、鬼使いとしては理解すべきなのだろうが、一個人としての鴇守は耐えられない。

人は人、鬼は鬼と割りきって目を瞑《つむ》る狡《ずる》さも器用さもなかった。

報酬の内容は、仕事の前に鬼と鬼使いが話し合ってあらかじめ決めておくのが規則である。決まれば、矢背の本家に申請して用意してもらう。

報酬として選ばれる人間は、入念な調査をし、生かしておいても害にしかならないような、鬼の餌食《えじき》になっても仕方がないと思えるものたちなので、人間を犠牲にしているという罪悪感に駆られる必要はないという。

そのような話し合いを夜刀としなければならないのが、鴇守は怖かった。

五歳のときから十年も一緒にいて、楽しいことも悲しいことも、怒りや喜びも共有してきた夜刀の本性を知るのが怖かったのだ。

逃げているうちに日々は過ぎ、ついに初仕事の前日、口火を切ったのは夜刀だった。

「俺は鴇守のキスがいい」

「……。なんだって？」

毎日悩みすぎて鬱々《うつうつ》としていた鴇守は、なにを言われたのかよくわからず、しばらく無言で夜刀を凝視したのち、訊《き》き返した。

「だからさ、明日は初仕事で、報酬は先に決めておかないといけないんだろ？　俺は鴇守とキスしたい！」

夜刀は自分の唇を突きだし、さらに人差し指でそれを指し示すという念の入れようで、キスの意味を過《あやま》たず知らしめようとしている。

呆気《あっけ》に取られつつ、そんなことでいいのかと鴇守は思った。スキンシップが大好きな夜刀は、今までも鴇守にべったりくっついて、額や頬《ほお》に顔を擦りつけてくることがよくあった。

このときの夜刀の大きさは、わずか十センチ。ハムスター程度の小動物が懐いてくるようなものだ。

当然、唇と唇が触れることもある。大きさが違いすぎて、それをキスだと認識していなかっただけで、似たような行為は何度もしていた。

わざわざ改まって仕事の報酬に欲しがるものではない気がする。

「俺はかまわないけど、夜刀はそれでいいの？　鬼って強く大きくなりたいものなんだろ？　そんなんじゃ、力をつけることができないんじゃない？　かといって、力がつくような報酬がいいって言われても困るんだけど……」

気まずく視線を逸《そ》らせた鴇守に、夜刀ははっきりと言いきった。

「べつに力はいらない。鴇守が俺にもっともっと強くなってほしいって言うなら、頑張るけど。大きくなってほしいか？」

「ううん。小さいほうがいい」

即答した鴇守である。

夜刀をそばに置いて、使役鬼にしてもいいと思えたのは、身体が小さいからだ。

鴇守は大きな鬼がとくに苦手だった。夜刀が鴇守のもとに現れるまで、巨大な鬼につきまとわれていて、いつか食べられてしまうのではないかと怖くてしようがなかった。

その大鬼は家の外から窓にへばりつき、鴇守をじっと見つめていた。

容姿はおぼろげにしか覚えていないが、黒い髪と、頭に生えた恐ろしげな二本の角、口からはみだした長い牙だけは記憶に残っている。小鬼の夜刀と入れ替わるようにしてその大鬼の姿を見かけなくなったときは、心底ほっとした。

「……大きい俺も見せたいんだけどな」

「え、なんだって？　聞こえなかった」

「なんでもない。なら、鴇守とのキスで決まりだ。俺が満足するまで絶対に離さないからな。覚悟しとけよ」

仁王立ちで、夜刀はにっと笑ってみせた。

その後、夜刀を使役して無事に初仕事をすませた鴇守は、報酬として三十分間キスされつづけた。

夜刀はもう、たまらないような感じで、唇のみならず顔中を舐めまわし、吸いつき、甘噛みして鴇守を味わっていた。

鴇守もいやではなかった。可愛がっている小さなペットが熱烈に親愛の情を訴えているようで、むしろ微笑《ほほえ》ましいとさえ思った。

予想外だったのは、キスの報酬を与えるようになってから、夜刀の身体が少しずつ大きくなり始めたことだ。

鴇守を舐めまわすことによって力が漲ってくると、夜刀は言っている。

もしかしたら、キスと称して鴇守の精気をこっそり吸い取っているのではないかと疑ったこともあったけれど、夜刀に舐められても鴇守の体調に変化はなかった。

だいたい、いつだって鴇守が大好きだと全力でアピールし、鴇守の安全に気を配り、過保護なまでに危険から遠ざけようとしている夜刀が、鴇守を弱らせることをするはずがない。

夜刀はだいたい一年で五センチほど伸び、今では四十センチにまで成長した。

鴇守は使役鬼の変化を受け入れている。というか、毎日一緒にいるせいで日々の変化がわかりづらく、ある日ふと夜刀が大きくなっていることに気づいて驚く、その繰り返しだった。

今のペースを維持していれば、二十六年後には百七十センチの鴇守と同じ身長になり、さらには追い越されてしまう。大鬼の夜刀については、深く考えないことにしている。

思いわずらってもどうしようもないし、どうなるかわからない未来より、現在だ。

「……ふぅっ」

シャワーを頭から浴び、鴇守はもう一度大きなため息をついた。

鴇守が実家を出て一人暮らしを始めてから、夜刀はやたらと鴇守に触れるようになった。

報酬に関係なくキスをねだり、鴇守が拒絶すると無理やり奪う。不意打ちのキスは毎日あるし、先ほどのように眠っている間に身体に触れてくる。

首筋を舐められたり乳首を弄られたりしても、くすぐったいだけだったが、性器にまで手を出されるとくすぐったいではすまなくなった。

自慰を知っている肉体は情けないほど呆気なく勃起し、鴇守はそのたびに追い縋《すが》る夜刀を振りきり、トイレかバスルームに飛びこんで始末をつける。

一人でするな、俺に最後までさせろ、と夜刀はうるさいが、四十センチの鬼にそんなことはさせられないし、してほしくなかった。

勝手に触るなと鴇守がどれだけ怒っても、ときには懇願しても、夜刀はまったく悪びれておらず、反省もしていない。それどころか、口答えまでしてくる。

夜刀に生意気な態度を取らせる原因となっているのは、やはり鴇守自身であろう。

人形のように小さな夜刀の手で弄られて感じてしまうのは気恥ずかしいけれど、夜刀に触れられるのはいやではないからだ。鴇守だって、夜刀が可愛い。

最初は飼い猫がスキンシップを求めてじゃれついてくるような感覚だったのに、今では夜刀がもし自分と同じくらいの大きさの身体をしていたら、などという不毛で矛盾した考えが頭に浮かぶ。

恋人いない歴は年齢、性的なものを催す媒体にはいっさい接触禁止とくれば、現実の状況からあれこれ発展させるしか、妄想の余地がない。

四十センチの小鬼とするのではない、普通のキスとはどんなものだろう、己が両腕を使って相手を抱き締め、相手からも抱き締め返されるのはどんな心地がするのだろう、と想像しても仕方あるまい。

大きな鬼は怖いくせに、そんなことを考えるなんて、欲求不満が相当切羽詰まっているようで、我に返るとため息しか出てこなかった。

「……鴇守、鴇守！」

「わぁっ！」

シャワーの下で突っ立ってもの思いに耽《ふけ》っていた鴇守は、突然聞こえた夜刀の声にびっくりして飛び上がった。

目の前の壁から、夜刀が顔だけをにゅっと出している。

ホラー映画も真っ青の光景だが、バスルームに入ってくるなと言われているから、身体ごと侵入しないよう、夜刀はこれでも気をつけているのだ。

「電話がかかってるぞ。実家のじいさんから」

「わかった」

鴇守が頷《うなず》くと、夜刀の顔も引っこんだ。

バスルームを出て軽く水気を拭《ぬぐ》い、バスタオルを腰に巻いて部屋へ戻る。携帯端末の呼び出し音はすでに切れており、着信を知らせる光が点滅していた。

着信履歴には「実家」としか表示されていないが、夜刀がじいさんだと言っていたので、かけてきたのは祖父に違いないだろう。夜刀は人間ではわかり得ないことでも察知する。

「面倒だなぁ、かけなおすの」

鴇守はうんざりした声でぼやいた。これが祖父でなく、祖母でも父でも母でも、億劫《おっくう》なことに変わりはない。

手に持った携帯端末を睨みつけていると、ベッドに胡坐を掻いていた夜刀も不機嫌そうに不満を述べた。

「じいさん、たぶん用事なんかねぇよ。いつものアレだろ。仕事はしっかりやっているか、矢背家の鬼使いとして恥ずかしくないふるまいをするように、たまにはお前から連絡しなさい、とかいうやつ。まったく、鬼の一匹も見えねぇくせに、口ばっか挟んできやがってさ。部外者は黙ってろってんだ」

途中で祖父の口真似《まね》をした夜刀に、鴇守は苦笑した。

夜刀は鴇守の家族が嫌いだ。祖父が口やかましい、祖母が厳しい、父がよそよそしい、優しい口調なのに母が誰より怖い、という泣き言を、鴇守が五歳のときから聞きつづけているのだから、好意的になれないのは当然である。

「鴇守、髪が濡《ぬ》れてるぞ。風邪ひいたらどうするんだ」

夜刀は世話焼きの母親のように言い、ひょいと飛んでタオルを取ってくると、鴇守の肩にちょこんと乗ってまめまめしく鴇守の髪を拭《ふ》き始めた。

「ほれ、一丁上がり。次はドライヤーで乾かしてやる」

「それは自分でやるよ。ありがとう、夜刀」

礼を言ったとき、携帯端末の呼び出し音が鳴った。

画面に表示されているのは、やはり実家だった。祖父は鵺守が折り返し電話をかけてくるまで待つことができない、性急な性格なのだ。

鵺守は背筋を伸ばし、気合いを入れてから通話ボタンを押した。

「はい、鵺守です」

『おはよう、鵺守。少し前にもかけたが、出なかったな。まさか寝ていたとは言うまいな』

「おはようございます、おじいさま。出られなくてすみません。ちょうどシャワーを浴びていたもので。今、浴室から出てきたところです」

『そうか。仕事はしっかりやっているか』

夜刀が真似したとおりの言葉を祖父が言ったので、鵺守は一瞬笑いそうになり、頬の内側を噛んだ。

実際、祖父からの電話に内容らしきものはない。鵺守の都合はそっちのけで、ひたすらに鬼使いの仕事について聞きたがり、夜刀をどのように使うのかを知りたがる。

「何度も言いましたが、仕事内容は家族であっても詳しく話せません。他言厳禁が本家の定めたルールですから」

などと軽くいなしている間に、五分十分と無駄な時間が過ぎていく。そろそろ支度をしないと、大学の講義に間に合わない。

無意味な会話を切り上げようと息を吸ったとき、祖父が言った。

『それはそうと、夜刀はどのくらいの大きさになった？』

「四十センチほどです」

鴇守は素っ気なく答えた。

夜刀が耳をぴくぴくさせながら、鴇守の膝《ひざ》に乗ってきた。携帯から離れていても、鬼の耳はすべての会話を聞き取っている。

『あまり成長していないな。小さい鬼では、重要な仕事も任せられまい。夜刀をもっと早く大きくすることはできないのか』

祖父の言葉に夜刀は鼻に皺《しわ》を寄せ、唇を尖《とが》らせた。

「夜刀は今のままで充分すぎるほど役に立ってくれています」

『大きくなれば、もっと役立つだろう。夜刀の成長が遅いのは、報酬が少ないからではないのか？　お前たちがなにを報酬にしているのか、わしは知らんが、本家に頼めば、なんでもいくらでも用意してくれると聞いている。お前が頼みにくいなら、わしから話を……』

「おじいさま」

鴇守は携帯を握りつぶさんばかりに握り締め、祖父の言葉を遮った。

「俺と夜刀は現状に満足していますし、報酬にも問題ありません。それに、鬼使いでないものが本家に報酬の交渉などしたら、厳しい叱責《しっせき》があるでしょう。どうか、お気遣いなく」

『しかし、一族最年少の鬼使いとして、お前には期待をして……』

「申し訳ありませんが、大学へ行く時間が迫っていますので失礼します」

鴇守が強引に切り上げて通話を終わらせると、夜刀がさっそく言った。

「なにが期待だ、偉そうに。ほんと、懲りないじいさんだぜ。何度も俺たちにかまうな、口出しするなって念押ししたのに、わかってねぇ。きついお仕置き、やっとくか？」

「駄目だよ。人間に手を出すのは絶対に駄目。約束しただろう？」

口調を強めて言えば、夜刀は不承不承ながら頷いた。

「うん。俺が大事なのは鴇守だけだ。鴇守が報復禁止って言うから、どんなに腹が立っても、俺は誰にも手を出さない。俺は鴇守の鬼だから、鴇守の命令だけ聞く」

「ありがとう」

忠誠心溢《あふ》れる夜刀の髪を、鴇守は情愛深くわしゃわしゃと掻きまわした。

鴇守を傷つけるものを、この小さく苛烈な鬼は絶対に許さない。

鬼が見える鴇守は普通の生活ができず、幼いころから奇行の多い子どもとして、仲間外れにされ苛《いじ》められることが多かった。

異形の鬼の恐ろしさに泣き、家では立派な鬼使いになれという家族からの重圧に押しつぶされて泣き、学校では苛められて泣く。

ひたすらに泣きつづける毎日で、鴇守が傷つくたびに夜刀は激怒して報復した。

食事すべてに砂糖を混入するとか、服に虫を入れるといった子どものいたずらレベルのときは、鴇守は正直ざまあみろと思ったし、弱い自分の仇《かたき》を討ってくれた夜刀に感謝もした。しかし、階段の一番上から突き落としたり、走行中の車の前に突き飛ばしたりして入院が必要な大怪我《おおけが》を負わせるようになると、怖くなった。

鴇守のためとはいえ、夜刀は人間に簡単に危害を加えることができ、運悪くそれが原因で死んでしまってもかまわないと考えている、その残虐な思考に驚き、怯えずにいられなかった。どんなに仲よくなっても、どんなに鴇守に忠実であっても、鴇守の前では虫も殺さないような無邪気な顔で笑っていても、夜刀の性分は鬼でしかない。

鴇守が怯える理由を、理解することができない。

もう報復はしなくていいと鴇守は必死になって夜刀を止めたが、怒れる夜刀はなかなか納得してくれず、事態を見過ごせなくなった本家の対外交渉係が出てきてようやく収まった。

千年以上前から多数の鬼使いと使役鬼を擁してきた矢背本家では、鬼に関する秘宝、秘薬をいくつも所持している。

暴走し、鬼使いが制御しきれなくなった使役鬼は、鬼使いたちが数人集まって相伝の術をかけ、「鬼封珠《おにふうじゅ》」と呼ばれる珠に封じこめてしまう。鬼入りの「鬼封珠」は京都《きょうと》旧屋敷の立ち入り禁止区域に厳重に保管され、本家当主の許しがあるまで解放されることはない。

度が過ぎれば、夜刀も珠に封じてしまうしかないと脅されたのだ。

そんな珠、壊して逃げてくるぜ、と大言壮語しつつ、さすがに夜刀もまずいと思ったのだろう。鴇守の命令には逆らわないと約束してくれた。

鴇守の苛め問題に関して、家族はなにもしてくれなかった。

祖父母も両親も矢背家の血脈で、遠い分家同士の婚姻である。全員が選民思想を持っており、鬼使いという特別な人間である鴇守が妬まれ、孤立するのはやむなしと考えていたようだ。

大学生になった今も鴇守の奇行は健在しているため、絡まれていびられることはあるが、あしらい方も学んでいるので、深刻な問題にはなっていない。

家の外の世界は曲がりなりにも落ち着いていったのに、家のなかは駄目だった。実家を出て一人暮らしをしているのに、まだ家族に振りまわされている。

しかし、それも大学を卒業するまでの間だ。卒業後は内緒で引っ越し、新住所も電話番号も教えないでおこうと、夜刀と計画している。

「あー、早く時間が過ぎないかなぁ……」

鴇守はそうぼやき、ベッドに仰向《あおむ》けに転がった。

夜刀がすかさず、鴇守の腹の上で寝そべる。飼い主にくっついていないと気がすまない猫のようで可愛らしい。

「卒業まで、あと一年八ヶ月くらいか。それまで我慢だな。俺も鴇守も」

「うん。どこへ行こうか。東京《とうきょう》からは出るべきだろうな」

「まずは全国をまわろうぜ。夏は北海道《ほっかいどう》、冬は温泉のあるとこがいい。いっぱい旅して、居心地のいいところに住もう。人目を気にせずに、鴉守と俺がいちゃいちゃできるとこ!」

「そんなの、隣の家まで何百メートルも離れてるような、山奥の一軒家しか思いつかないよ。俺はそれでもいいけど、あんまり寂《さび》れたとこだと、本家から駄目出しされるかも」

夜刀がチッと舌打ちをした。

「いちいち口出ししてきて面倒くさいな、本家の規則ってやつは」

「助かってる部分もあるから、しょうがないよ」

鴉守は夜刀の髪に、人差し指を絡めて遊んだ。

鬼使いの仕事は高給で、十五歳から働いている鴉守には充分な収入と貯金があり、大学の学費もマンションの家賃や生活費なども、すべて自分で賄っている。

この住まいも、ワンルームとはいえ、2DKくらいの広さがあって家賃もそれなりだが、支払いに困ることはない。

鬼使いとして言われるがままに仕事をこなし、課せられた義務や責任を果たしているからこその厚遇だ。

矢背一族は古来より鬼を使って、不可能を可能にしてきた。

請け負う仕事はありとあらゆる事柄に及び、暗殺は最たるものだ。使役鬼への報酬は人間の血肉という非道さだが、決して秩序のない暗殺者集団ではない。

矢背家に持ち込まれる相談、依頼の主は政治家、法曹界、経済界の重鎮といった国を動かす力を持った人々が大半である。

金さえ払えば、誰の依頼でも無分別に引き受けるということはいっさいなく、国のため、善良な人々のために鬼の力を使うという、矢背家なりの正義と規律が存在しているのだ。

矢背の血族は、歴史の裏側で矢背家がいかに国と国民に貢献してきたか、一般人は知る由《よし》もない矢背家のお手柄について、逐一学ばされる。そして、自負心をくすぐられ、自分たちを特別な一族だと思いこむようになる。

鴇守の家族のように。

だが、鴇守は違う。

矢背家の歴史、功績は誇らしく思って当然のものではあったが、それらの偉業と鴇守にはなんの関係もない。

矢背家の末席に名を連ねているとはいえ、先祖や会ったことのない遠い親戚が偉人揃《ぞろ》いだからといって、鼻高々になり他者を見下すほど愚かにはなれない。

鴇守は死ぬまでこうして矢背家の駒となって働くのだろう。

これから先何十年とつづいていく人生を思うと、どこか茫漠《ぼうばく》とした気持ちになって、鴇守は不安を誤魔化《ごまか》すように、夜刀をぎゅっと抱き締めた。

2

インターネットカフェの個室席で八時間、鴇守はひたすらに映画を見ていた。

遊んでいるのではなく、仕事の合間の暇つぶしである。最初の二本は興味のある映画だったので楽しく鑑賞したが、八時間ぶっつづけで映画を見るのはきつい。

今はなんとなく選んだ映画がパソコン画面に流れているのを、音声も切ってぼんやり眺めているだけだ。

夜刀は隣の個室席にいて、今回のターゲットを見張っている。

夜刀がいない、インターネットのできるパソコンが目の前にある、とくれば、ネットの海へ潜り、無料で閲覧できる卑猥な画像や動画がたくさんあるサイトへ繰りだしたくなるのが男というものだが、鴇守には許されない。

仕事の最中だからではない。

「おい鴇守。エロいやつ、こっそり見てねぇだろうな?」

ときどき夜刀が隣室との仕切りの壁をすり抜けて、チェックしにくるからである。人間なら通り抜けができないところからでも一瞬で出てくるから、夜刀の目を盗んで悪さをするのは不可能だった。

もう二十一歳だというのに情報管理が厳しすぎると思いながら、鴇守は頷いた。

「見てないよ。それより、もうそろそろ時間だよな」

「ああ。依頼は最低でも六時間で、もう八時間近く経ってる。充分だと思うが」

「よし、俺が先に出る。お前は十分後に行動開始だ。ターゲットをもとの場所まで戻したのちに、術を解除しろ」

「承知」

鴇守が命じると、夜刀の姿が壁に沈むようにして消えた。

流れている映画を途中で停止し、鴇守は個室を出た。軽食を頼んだので、そのぶんの料金を精算して外に出る。

きっちり十分後に、五十代半ばくらいの男性が、心ここにあらずといった状態で店から出てきた。肩の後ろあたりに、空中に浮いた夜刀が背後霊のようにふよふよとついている。

数メートルの距離を置き、鴇守は男性と夜刀のあとを追った。

男性は今回の仕事のターゲットだった。事前に容姿だけは写真で確認したものの、彼の名前も年齢も職業も、鴇守には知らされていない。

彼は八時間前にとある場所に向かう予定だったが、鴇守への依頼は、彼が目的地へ到着するのを最低でも六時間は阻《はば》め、というものだった。

仕事の手順はすべて鬼使いが考え、使役鬼に命じて実行させる。

なぜ、阻害しなければならないのか、彼が目的地へ行けないことでどうなるのか、原因と結果を考えるのは鴇守の仕事ではない。

昼前、移動のためにタクシーを捕まえようとしていた彼を、鴇守は夜刀に命じて術をかけさせ、先ほどのインターネットカフェに入店させた。

夜刀は人の正気を失わせ、命令に従わせる力を持っている。術をかけた場所まで戻ったとき、夜刀が男性の耳元でなにかを囁《ささや》いた。

夢でも見ているようだった男性の目に正気が戻り、彼が認識していた時間との差異に驚きうろたえているのが、鴇守にもわかった。ズボンのポケットから慌てて携帯端末を取りだし、電源が落ちていることに気づいて、さらに慌てている。

夜刀に命じられて電源を落としたのは彼自身だが、夜刀の術にかかっている間の自分の行動を、彼は覚えていない。八時間の記憶がすっぽり抜けているのだ。

「終了だ、鴇守。うちに帰ろう」

夜刀が鴇守のところに戻ってきて、肩に乗った。

男性が電源を入れた携帯端末で誰かと連絡を取り、なにか叫び声をあげているのを聞きながら、鴇守は踵《きびす》を返した。

仕事の依頼はすべて本家の窓口が一括して受けつけ、内容を吟味し、引き受けることになると、依頼内容に適した鬼使いに割り振る。

だいたい、週に一回か二回、エージェントを通じて持ちこまれ、鬼使いが依頼人と接触することはない。

夜刀のように小さな鬼しか使役できない鴇守は、鬼使いのなかでは下っ端もいいところで、まわされてくる仕事も簡単なものばかりだ。

これまでやったなかでは、失《う》せもの捜しの依頼が一番多く、公表前の書類の内容を盗み見したり、誰かと誰かが密会している現場の証拠写真を撮ったりしたこともある。

今回のような仕事のあとは、胸がもやもやして痛んだ。

矢背家が鬼使いたちにやらせる仕事はすべて、世のため人のためになる道徳的な行いであると教えられている。

つまり、足止めを食らわされたあの男性は悪人で、彼が失脚すれば、多くの人々が救われるということだ。

悪人の人生を狂わせることに、責任を感じる必要はない。鬼使いの仕事は善行である。

学んだとおりにそう思いこもうとしても、突然八時間もの記憶を失い、取り返しのつかない失態を犯して驚愕《きょうがく》し、慌てふためくさまを見るのは楽しいものではなかった。

しかし、鴇守が思い悩んでも仕方がない。

仕事を拒否する権利は、鴇守にはないのだから。

「ご苦労さま」

鴇守は気分を切り替えて、夜刀をねぎらった。

「おう。今回は長丁場だったな。報酬も長丁場で頼むぜ。鴇守とチュー！　鴇守とチュー！舐めて吸ってメロメロにしてやるからな！」

鴇守にしか聞こえないと思って、夜刀は上機嫌に大声でチューと叫んでいる。

「……」

人通りがあるので、鴇守は片手で額を押さえるにとどめた。

「早くチューしようぜ！　ああ、鴇守の匂い……たまんねぇな」

四十センチの小鬼なのに、鴇守の髪に鼻先を突っこんでスーハースーハーと匂いを嗅ぐさまは、おっさんそのものである。

「こら夜刀！　変態行為はやめて、うちまで我慢しなさい」

小声でたしなめながら、鴇守は額を押さえていた手を口元に下ろし、夜刀から唇をガードすることに専念した。

まとわりつく夜刀をなにげなく片手で払い退けつつ、電車に乗って最寄り駅で降り、マンションまでの道のりを急いで歩く。

どうにか部屋の前にたどり着き、玄関の鍵を開けてなかに入った途端、夜刀が本気を出して襲いかかってきた。

「もう誰も見てねぇ！　チューだ、鴇守！」

「んっ、ちょっ……、待……」

鴇守は夜刀を顔面に張りつかせたまま、ほとんど手探りでベッドまで歩き、仰向けに倒れこんだ。真面目に働いた使役鬼が要求する正当な報酬だから、拒絶はしない。

夜刀は小さな舌で鴇守の唇を舐め、口のなかまで掻きまわした。歯の表面を擦り、奥に引っこんでいる舌をつつき、唾液《だえき》をうまそうに啜《すす》り上げている。

「はぁ……、鴇守、すげぇうまい。もっと舌出せよ」

鴇守が舌を唇の外に出してやると、夜刀はぱくんと吸いついてきた。

ちゅうちゅうと音を立ててしゃぶっている様子を、薄目を開けて観察する。夜刀の顔は恍惚《こうこつ》としていて、そんなに美味《おい》しいものなのかといつも思う。

少しずつでも身体が大きくなる程度の栄養があるのなら、鴇守としても安心だった。夜刀には大きくなってほしくないけれど、なんの栄養にもならないものを報酬にしているのも気が引けるから、多少なりとも夜刀の益になる行為であればいいと願っている。

夜刀は飽きもせず小一時間ほど鴇守の唇を食らい尽くして、ようやく離れた。

「ぷはぁ……！　あー、うまかった。超うまかった！　最高だ。極上だ。驚異的だ！」

「うん、それはよかった」

知っている似た単語を連ねて気持ちを表す夜刀の頭を、鴇守は片手で撫でた。小鬼相手のキスとはいえ、鴇守の唇も舌も赤く腫れて、痛みさえ感じるほどだ。

これ以上を求められる前に、身体を起こそうとした鴇守を、夜刀が胸元に腹這《はらば》いになって阻止してくる。

薄いTシャツの上から胸元を撫でまわす不埒《ふらち》な手に、鴇守は顔をしかめた。

「夜刀、退いてくれ。報酬は終わりだ」

「なぁ鴇守。ちょっとだけでいいから、乳首も吸いたい」

「駄目」

鴇守は夜刀の後ろ髪を摑《つか》んで引き剝がそうとしたが、夜刀は一ミリも動かなかった。体長四十センチの見た目なりの体重しか鴇守には感じられないのに、まるで百キロくらいはありそうなどっしり具合である。

「ほんのちょっとだけ。軽く舐めるだけだ、いいだろ？」

「駄目。……ち、乳首は報酬に入ってない」

「でも、欲しい。鴇守の乳首が吸いたい。心から。ものすごく。思いっきり」

「駄目だってば！」

「吸わせろよ。……鴇守、シャツの裾を首までまくり上げて、俺に乳首を差しだせ」

好戦的な視線で見下ろしてきた夜刀が、甘い声で命じた。

鬼の誘惑の声である。普通の人間なら、夜刀にそう囁かれれば正気を失い、命じられたとおりに行動してしまう。

「差しださない」

鴇守は夜刀を睨んで即答した。

鬼使いは鬼のどんな誘惑にも引っかからない特性を、生まれつき持っている。だからこそ、鬼を使役する立場に立てるのだ。

鴇守には効かないとわかっているくせに、万が一があるとでも思うのか、夜刀はときどきこうして誘惑の声を出して、鴇守を試す。そして、玉砕してもへこたれない。

「やっぱ、無理か。でも俺は諦《あきら》めねぇ。……こうしてやる！」

「えっ、夜刀こら……！　やめろってば、もう！」

夜刀はちょこまかと動いて、抵抗する鴇守のシャツをまくり上げ、ついに二つある目的地の片方にかぶりついた。

「ふ……っ」

温かく濡れたものが肌に張りつく感触に、思わず声が出る。

男の乳首を舐めることの、なにがそんなにいいのか、鴇守にはわからない。夜刀が望むから受け入れているだけだ。

夜刀の舌はよく動き、柔らかい乳首をどんどん硬く尖らせていく。

感覚としてはくすぐったいのだが、強く吸い上げられ、乳首の先を優しく擦られると、快感めいたものが背筋を這い始める。

「ん……」

鴇守は小さく喘いだ。

赤ん坊が母親の乳を求めているのとは違う。夜刀の舌も歯も唇も、鴇守の乳首を最大限に味わおうと、忙しなく動いている。

仄《ほの》かに漂っているだけの快感が下半身の反応に結びついてしまう前に、鴇守は夜刀の頭を両手で摑んで引き剝がした。

左右を移動しようとしていた夜刀は、不満そうに唇を尖らせた。

「まだこっち側を舐めてねぇ。両方吸わねぇと不公平だろ」

「大丈夫だ。俺は文句を言ったりしない。今回の報酬はこれで終わり。いいな」

「隙見て、絶対に右も舐めてやる」

「透明人間の刑をどうしても味わいたいんだな?」

「……わかったよ、もう吸わねぇ」

鴇守がすごむと、夜刀はものすごく不本意そうにしながらも乳首に吸いつくのを諦め、おとなしく鴇守の上から下りた。

言うことを聞かない夜刀を脅すときに使う透明人間の刑は、外に出たときに鴇守が夜刀の相手をいっさいせずに無視するという罰則である。

口も利かず目も合わせず、夜刀がちょっかいをかけてきても反応しない。

鴇守が大好きな夜刀は、これをやられると、ほんの十分ほどでぎゃあぎゃあ喚《わめ》いて怒りをぶつけてくる。その怒りさえ無視して三十分も経ったころには、死にかけた魚のように元気をなくし、無言で鴇守にしがみついてきて、か細い声で謝りだすのだ。

すぐに許しては罰則の効力をなくすので、数時間は放っておいてから、ようやく謝罪を受けつけ、もう二度と駄々を捏《こ》ねないと言わせるまでが一連の流れだ。

しょんぼりして謝る夜刀が可哀想で、ほだされて、即座に許しそうになるのを鴇守も我慢しているため、この透明人間の刑はお互いにダメージを食う。

鴇守は上体を起こし、乱れた服を整えた。

夜刀に吸われた側の乳首だけが尖っているのが、Tシャツ越しにも明らかだった。夜刀の視線もそこに張りついているので、手で覆って隠したくなる。

男が乳首を隠したくなるなんて、世も末だ。夜刀があまりに執着するせいで、まるで女性の乳房か、性器みたいな感覚になってきている。

顔を上げたとき、ふと壁にかけたカレンダーが目に入り、赤丸で囲った日が一週間後に迫っていることを思い出して、鴇守はうんざりとため息をついた。

「なんだ……ああ、夏至会か」

鴇守のため息の理由に、夜刀もすぐに思い当たったらしい。小難しい顔をして、鴇守よりももっと深いため息をついている。

夏至会というのは、全国に分散している矢背家の鬼使いたちを、東京の本家に集結させ、それぞれの近況を報告する会合のことである。

名称のとおり、年に一回、夏至の日に行われ、鴇守は過去五回参加した。

日本の未来、矢背家が担う役割、鬼使いの社会的貢献などについて話し合われるのだが、鴇守などは会合の末席にちょこんと座っているだけで、ほとんど口を開かない。

どの政治家を支持するべきか、という件では毎回必ず紛糾し、怒鳴り合ったり、使役鬼を出して戦わせようとしたり、怒って途中で退席したりする鬼使いたちがいる横で、置物と化して閉会の時間が来るのを待っている。

「行きたくないなぁ。仮病でも使って休みたい。俺がいなくても問題ないんだから、ご当主さまとか上のほうの人だけとか、集まりたい人だけ集まってやればいいのに」

鴇守のぼやきに夜刀も同調した。

「俺も行きたくねぇよ。夏至会するなんて、いったい誰が決めたんだ。迷惑な野郎だぜ」

「六十九年前のご当主さまじゃないかな。今年の夏至会、第六十九回だから」

「矢背の家は千年以上の歴史があるわりに、わりと最近だよな」

六十九年前、つまり第二次世界大戦後の混沌《こんとん》とした時期から、本家当主が全国の鬼使いたちを統率して管理するようになったのには、それなりの理由がある。

鴇守は膝に乗ってきた夜刀を抱え、矢背家の成り立ちを思い出した。

矢背家の祖は、平安時代前期、矢背秀遠《ひでとお》という陰陽師《おんみようじ》が、雌の鬼を孕《はら》ませて産ませた人間と鬼とのハーフ、矢背秀守《ひでもり》である。

雌鬼の名は芙蓉《ふよう》。

名のとおり、天女と見まがうばかりの絶世の美女で、普通の人間の目にも自分の姿を見せられる強い力と高い知能を持っており、秀遠の妻として屋敷で暮らし、彼女の正体が鬼だと見抜いたものはいいなかった。

芙蓉に関しては詳しい記録が残っていないので、名前と容姿以外の詳細は不明である。

母から美貌《びぼう》と鬼の血を受け継いだ秀守は、鬼や怨霊《おんりよう》、魑魅魍魎《ちみもうりよう》などをよく見、さらには「六道《ろくどう》の辻《つじ》」という人間界と地獄の間にある鬼の棲む世界へ気軽に訪れ、鬼を配下において使役することができた。

人間界と六道の辻の境には、それぞれの住人が越えられない障壁がある。

人間界に存在している鬼は、人間界の生き物が鬼に変じた個体か、障壁のわずかな隙間から這いだして移動できる小さな鬼、あるいは、障壁などものともせずに通り抜ける強大な鬼のどれかである。

両方の世界の血を引いている秀守が、両方の世界を行き来できるのは当然だった。

また、六道の辻から出られなかった鬼たちは、秀守と使役契約をすることで、人間界に出てこられるようになった。

鬼の血が混じっていながら、秀守の肉体は人間と変わらなかった。怪我もするし、病気にもなる。

ただ、鬼を惹きつける不思議な魅力があり、鬼のほうから使役してほしいと志願してきて、断るのが大変だったらしい。

鬼の好物は人間の血肉だが、秀守の使役鬼たちはみな従順で、善良なる人間を傷つけてはならぬという秀守の命令をよく聞き、先を争って主の役に立ちたがったという。

秀守は表向きは父同様、陰陽寮に属し、陰陽師として勤めていたものの、実際には陰陽師の資質はなく、除霊や秘術を施すといった呪術的な行為はまったくできなかった。

それでも、役職につけたのは、使役鬼たちを自在に操り、都を襲う怪異を鎮め、要人の守護に精力を注いだからで、陰陽師とは呼べない秀守についた異名が「鬼使い」。

秀守はやがて人間の女性を妻に迎え、鬼の血は子孫へと受け継がれた。

子孫にも陰陽師の資質が現れることはなく、鬼使いとして生き残ることを決めた矢背家は陰陽寮から離脱し、政治の裏側へ引っこんだ。役職などなくても、多すぎるほどに需要があった。

七代目くらいまでは、秀守の血を引いて生まれてくる子たち全員が鬼使いで、分家を増やしながら全国に分散し、裏側の世界で矢背一門は栄華を極めた。

しかし、人間と交わるために鬼の血は薄まる一方で、次第に鬼が見えない普通の人間が生まれるようになった。

危機感に駆られた矢背一族は血族婚を繰り返したものの、うまくいかず、時代の波にも煽《あお》られて、第二次世界大戦が終結するころには鬼使いの数は激減した。

最盛期には三百人を超えたとも言われた鬼使いは、現在六十五人。しかも、平成に入って生まれたのは鴇守のみという絶滅危惧種である。


「……このまま鬼使いが生まれなかったら、矢背家はどうなるんだろうな」

夜刀の頭のてっぺんに顎《あご》の先を押しつけて、鴇守は呟《つぶや》いた。

「そりゃ、潰《つぶ》れるんじゃねぇか」

矢背家に思い入れのない夜刀は、あっさりと言った。

鬼使いに定年はないけれど、老いには勝てない。たしか、八十三歳という最年長の鬼使いが一人いて、七十代が十人はいたはずだ。

もし、鬼使いの赤ん坊が今生まれても、仕事ができるようになるのは十五年後。奇跡でも起こらないかぎり、今後、鬼使いの数は減少する一方だった。

鬼使いを軸に栄えてきた矢背家が鬼使いを失えば、もはや存続は不可能であろう。

「潰れて窓口がなくなったら、俺の仕事もなくなるよ。今のうちに貯金して、老後に備えとこう。俺は鬼使いしか仕事ができないから、一般企業に就職しようにも潰しが効かないし」

「心配すんな。全部、俺に任せとけ。貧乏や不自由は絶対にさせねぇ。お前にいいように、俺がしてやるから」

　夜刀の男らしさに、鴇守の胸はちょっとときめいた。鴇守がどんなに不安になっても、夜刀はその不安をいつも吹き飛ばしてくれるのだ。

「ありがとう。四十センチの小鬼なのに、お前は格好いいな」

　髪の上にキスを落としてやると、夜刀はくるんと回転して鴇守と向き合った。両腕で鴇守の首にしがみついてくるので、抱っこして支えてやる。

「もっとでかくなったら、もっと格好よくなるぜ。でかくなってもいいか？　二メートル近いやつとかどうだ？」

「絶対にやだ！　お前は四十センチだから可愛いのに」

「さっきは格好いいって言ったじゃねぇか」

「俺は大きい鬼が苦手なんだよ。知ってるだろ？」

　挑戦的に光っていた夜刀の金色の瞳が、少し陰った。

　鴇守の大鬼嫌いは、筋金入りである。さほど大きくなく、たとえ手のひらサイズであったとしても、鬼という異形のものが怖くてたまらない。

人間だって十人十色というが、鬼のバリエーションは豊富すぎる。

二メートル近い巨体がいたと思えば、一センチ程度の小粒がいたり、目が六つあったり、腕が四本あったり、肌の色も赤、青とポピュラーなところからどどめ色まで多種多様だ。

そんな異形のものが四六時中目に入り、鴇守は五歳まで怯えて泣き暮らしていた。

置物のように、あるいは通行人のように擦れ違うだけならまだ我慢もできたが、鴇守の目に見える鬼たちは全員鴇守を見ていて、目を合わせようとしてくるから余計に怖かった。

逸らしきれずに目が合うと、鬼たちはニヤァと笑い、この牙でお前を噛み砕いてやるぞと言わんばかりに、長く尖った鋭い牙を見せつけてくる。

鬼が見えない両親と祖父母は、鴇守の恐怖をまったく理解してくれなかった。

鬼の容姿の恐ろしさや奇怪さを何度説明しても、実際には見えないから、どのくらい怖くて気持ち悪いかわからない。たぶん、理解したくなかったのだろうと、今なら思う。

鴇守に期待を寄せるあまりに。

というのも、鬼使いの序列は血の濃さや年齢ではなく、使役する鬼の能力の差によって決まるからだ。

本家も分家も関係なく、もっとも強く、能力的に優れた鬼と契約した鬼使いが当主として頂点に立ち、矢背一族が進むべき道を示し、引っ張っていく。

家族たちはとにかく寄ってたかって、鴇守にできるだけ強い鬼を選ばせようとした。

『お前は鬼使いなんだぞ。幼くとも、誇りを持て。お前の名の由来は教えただろう。鴇守の鴇は桃花鳥とも書く。桃には厄災を払う力があるとされる。神話の時代、伊邪那岐命《いざなぎのみこと》は桃の実を投げて邪鬼や悪霊を追い払い、おとぎ話の桃太郎は桃から生まれて、鬼が島へ鬼退治に行った。鬼使いのお前が、逆に鬼に食べられてしまうことがないよう、鬼を退ける字を入れて無事を祈願している。そのように怯えてばかりでは、せっかくの鴇守の名が泣くぞ』

口やかましい祖父は、毎日のように説教した。

『あなたは鬼の主になるのですよ、怖がってどうするのですか。しゃんとなさい』

祖父より厳しい祖母は、ベッドに潜りこんで震えている鴇守を叱咤《しった》した。

『泣かないで、鴇守。鬼さんたちが寄ってくるのは、鴇守と仲よくなりたいんだと思うの。大きくて一番強そうな鬼さんを選んで、まずは友達になってみようね。できるでしょ?』

優しい笑顔を浮かべている母は、鴇守をいっそう不安にさせた。

『鬼が怖いなんて、甘えだ。鬼使いという義務を背負って生まれた以上、子どもであっても甘えは許されない。お前はいずれ使役鬼を得て一心同体となり、一族の繁栄に貢献することができる。それがどんなに素晴らしいことかわかるか? 父さんたちがどれだけ願っても得られないものだということが。代われるものなら、今すぐ代わってやりたいよ』

父の言葉は難しくて、幼い鴇守にはよくわからなかったけれど、膝をついて目線を合わせた父にじっと見つめられると、鴇守は逃げだしたくてたまらなくなった。

成長するにつれ、父の陰鬱とした視線に込められていたのは、鬼使いに生まれた息子に対する嫉妬《しっと》だと気がついた。

鬼に怯え、家族に追いつめられ、疲れ果てて気力をなくしかけていた鴇守の前に、夜刀が現れ、鴇守は夜刀を選んだ。

その選択を後悔したことはない。

「大きくて強い鬼がいいって、みんなは言うけど、俺は今の夜刀がいいんだ」

改めてはっきりと言うと、視線を落としてなにかを考えこんでいた夜刀が、もう一度鴇守を真《ま》っ直《す》ぐに見つめてきた。

「でもよ、俺の身体はちょっとずつ大きくなってる。いずれ倍に伸びて、そのうち二メートル近くまで成長するかもしれない。そうなったらどうする？」

二メートル近くという身長にやけにこだわってるなと思いつつ、鴇守も考えた。

「巨大すぎてあんまり想像できないな。だいたい、三十年くらいかけて大きくなったとして、俺は五十歳か……うーん、どうだろう。よくわからない」

「なんだよ、大きくなったら俺を捨てるつもりかよ！」

「いや、捨てたりはしないけど」

「けど、なんだよ！」

「そのときに考える」

「今考えろよ！」

「今のお前は四十センチだろ。考えたって仕方がない……」

そう言いかけたところで、鴇守の携帯端末にメールの着信があった。

「ちょっと待って、メールが来た。……勝元《かつもと》さんからだ。仕事が終わって帰宅してるなら、これから寄らせてもらいたいって。なんだろう」

矢背勝元は鴇守専属のエージェントである。

「あれだ、夏至会用のスーツが仕上がったから、持ってくるんだろ」

夜刀はこともなげに、勝元の用件を見抜いた。このように夜刀が断言すれば、それは絶対に外れない。

疑いもせずに納得し、鴇守は携帯端末を操作した。

仕事が無事に完了した報告と、いつでも寄ってもらってかまわないと入力して送信する。即座に返信があり、三十分後に伺うと記されていた。

鴇守は急いでシャワーを浴び、洗濯してアイロンをかけた襟付きのシャツに、黒のスラックスを穿《は》いた。髪を洗う時間はなかったが、櫛《くし》で梳《と》かして形を整える。

連絡どおりの時間にインターフォンが鳴った。

玄関のドアを開けると、平たい箱を両手で抱えた勝元が立っていた。箱の中身は、見なくてもわかっている。

「どうぞ、上がってください」

「突然お邪魔して申し訳ありません。スーツが仕上がったものですから」

「こちらこそ、わざわざ持ってきていただいて、ありがとうございます。自分で取りに行くつもりだったんですが」

「店に寄る用事があったので、ついでです。お気になさらず」

鴇守は箱を受け取り、スーツを取りだして洋服かけに吊るした。美しい光沢を放つ深い紺色の生地は、二ヶ月前に採寸したときに、勝元と相談しながら選んだものだ。

年に一度の夏至会には、毎年新調したオーダーメイドのスーツを着ていくのがしきたりだそうで、矢背家御用達《ごようたし》の店でシャツから靴まで一式揃えている。

「あとで試着して、不具合があればおっしゃってください。今日はお疲れさまでした。ターゲットの状況を確認中ですが、仕事の首尾は上々のようです」

「あったり前じゃねぇか。俺と鴇守がやってるんだぜ。失敗なんかするわけねぇよ」

満足そうに言う勝元に返したのは、夜刀だった。勝元の顔の前で浮きながらも、両手を腰に当て、踏ん反り返っている。

「それは心強い。鴇守さんと夜刀さんには、もう少し大きな仕事を任せてもいいかもしれませんね」

勝元の発言にびっくりした鴇守は、慌てて否定した。

「いえいえ、とんでもない！　大きな仕事なんて、俺と夜刀には荷が重いです。失敗したらどうしようかと不安になって、結局失敗すると思います。件数が増えてもいいので、小さな仕事をコツコツやっていきたいです」

「チャレンジして、ステップアップしていくのもいいと思いますが」

「いや、いいんです。このままで。むしろ、このままがいいです」

「……相変わらずですね、鴇守さんは」

勝元が精悍《せいかん》な顔に苦笑を浮かべた。

矢背一族のどこかの家で鬼使いの子どもが生まれると、本家から選ばれた鬼使いの教育係が派遣されてくる。もちろん、すべて矢背の血族である。

勝元は最初、鴇守の教育係として、週に一回か二回、鴇守の家に通ってきては、教科書にも資料にも載っていない矢背家の歴史、鬼の知識、鬼使いの仕事と鬼使いに課せられた義務などについて教えてくれた。

鴇守が十五歳になり、仕事を始めるにあたって、教育係からエージェントに昇格した。さまざまなサポートをしてくれており、一人暮らしがしたいと言った鴇守のために、この部屋を探してきてくれたのも彼だった。

鬼を怖がる鴇守の臆病な性格、家族の期待に押しつぶされてしまう精神的な弱さ、夜刀を得て心の支えにしていることなど、彼はなんでも知っている。

鍛えてある肉体と短く切って整えられた黒々した髪が若々しく見せ、今年で五十歳になるとはとても思えない。

夜刀と会話していることからわかるように、鬼を見る力は持っているが、鬼使いではない。矢背家では、ときどきそういう変わり種が生まれるらしい。

「鴇守がいやがってんだから、仕事は今のままを維持しろ。それより、引っ越しだ。じいさんがうるさいからよ、誰の目も気にせず、二人でいちゃいちゃのびのびと暮らせる辺鄙《へんぴ》な場所に引っ越したい。こっそりとな。鴇守の卒業後でいいんだが、どのあたりがいいと思う?」

夜刀と鴇守を交互に見やり、勝元は少し考えてから口を開いた。

「できれば、関東支部内にとどまってくださるとありがたいのですが。ご家族の激しい干渉に迷惑しておられるのなら、私から厳しく通達しておきます」

「いえ、大丈夫です。大学を卒業するまでの辛抱だと思ってますから」

鴇守は苦笑しつつ、遠慮した。

「そのようなことで辛抱なさる必要はありません。鬼使いに生まれつくのは、一族でもほんの一握り。特別な存在です。鬼使いあっての矢背家だというのに、その鬼使いをわずらわせるなど許されない。身のほどをわきまえていただかないと。卒業後の住まいについては調べておきますので、後ほどご連絡いたします」

眉間《みけん》に皺を寄せ、恐ろしい笑みを口元に刻みながらそう言い、勝元は帰っていった。

二人きりになると、夜刀が短く口笛を吹いた。

「怖ぇ！　相変わらず、鬼使いでない一族には冷たいよな」

「勝元さんは鬼使い最優先だから」

「俺はあいつ、あんまり好きじゃねぇ」

「まぁ、心を許せる人じゃないよね」

鴇守も正直に言った。

鬼が見えるし、博識で思慮深く、家族より頼りになるが、それだけだった。

勝元にとって大事なのは鴇守自身ではなく、一に本家、二に鬼使いだということを、長いつき合いのなかで鴇守は悟った。

鴇守が鬼使いであるがゆえに、親子のような年齢差があっても主人として敬い、鴇守を守るためならどんなことでもしてくれる。

しかし、鴇守と夜刀が規則を破って本家の益にならないことをすれば、即座に本家に報告して制裁を加えてくる、そんな男である。

情に流されることがなく、本家の命令に忠実に行動する勝元なら有能な鬼使いになれただろうに、彼は鬼使いに生まれつかなかった。

鬼使いは血筋でありながら持って生まれた能力でもあり、鬼使いかどうかは胎児が母体に宿っている期間で判別される。

人間ならだいたい十月十日で出産となるところ、二ヶ月長い妊娠期間ののちに産み落とされるため、通常の胎児より成長が遅く、予定日を大幅に過ぎても陣痛が起きないとき、その子は鬼使いであるとわかる。

また、通常の妊娠期間で生まれた子が、後天的に鬼使いになることはない。勝元のように鬼が見えても、駄目だそうだ。

鬼使いでなければ、鬼と契約を結んで使役に下すことはできない。鬼にとって、人間は力を増幅するための栄養剤のようで、食べ物として認識されている。

鬼の気まぐれで仲よくなれたとしても、鬼が食欲に負ければ、食べられて終わる。

もちろん鬼使いも人間なので栄養剤の範疇《はんちゅう》ではあるのだが、普通の人間に比べて捕食の対象になりにくい特性を持っている。

それを教えてくれたのも、勝元だった。

四歳の鴇守は子ども用の小さなテーブルに向かい、勝元と一緒にお絵かきをしていた。

白いお絵かき帳にクレヨンで描かれているのは、大小さまざま、色とりどりの鬼たちである。

怖い鬼の絵など鴇守は描きたくないのだが、描いてみましょう、と勝元が静かな、しかし逆らえない声で言うので、仕方なく描いた。

「上手に描けていますよ。鴇守さんは鬼使いだから、いずれあなたの鬼を選んでそばに置くことになります。鴇守さんは鬼が怖いですか？」

「……うん」

「怖いという気持ちは正しいのです。鬼はなぜ、怖いのか。それは鬼が私たち人間を食べるからです。鬼使いは鬼の血筋が色濃く表れているぶん、普通の人間よりは鬼に近い存在だと認識されるようで、同族意識が刺激されるのか、いきなり食べられたりはしません。でも、鬼と喧《けん》嘩《か》して怒らせたりしたら、簡単に食べられてしまいます」

「ぼ、ぼくを食べるの？　ぼく、鬼に食べられちゃうの？」

鴇守はびっくり仰天し、震えながら訊《たず》ねた。血筋だの同族だの難しい言葉は理解できないが、食べるという単語の意味はさすがにわかる。

勝元は重々しく頷いた。

「そうですよ。鬼というのは怒りっぽくて、食いしんぼうなんです。私たち人間はとても美味しいらしく、大好物だと言います。鴇守さんは小さいから、あっという間に食べられてしまうでしょうね」

「や、やだ……やだ……！　怖い！」

「でも、しょうがないんですよ。鬼とはそういうものなんです。鴇守さんも甘い桃が大好きで、喜んで食べてるでしょう。それと同じです」

「……！」

恐ろしげな鬼が大きな口を開け、自分の頭に齧《かじ》りついているところを想像してしまった鴇守は、そのときから桃が食べられなくなった。

鬼に食われるやら人間はうまいやら、普通の子ども相手なら虐待とも言える教育だが、勝元が異常なのではなく、鬼使いはこのようにして鬼の残虐さや人間の脆《もろ》さを繰り返し言い聞かされて育てられるらしい。

恐怖の学習により、ゆめゆめ鬼を侮ることなかれ、と心に刻んだ鬼使いは、自分の力を見極め、鬼が棲む六道の辻へ出向き、自分に合った鬼を見定めて契約を持ちかける。

六道の辻への行き方、鬼の見つけ方は、鬼使いに生まれたものなら教えられずとも本能で知っているそうだが、鴇守にはよくわからなかった。

鬼なんて探すまでもなく、そこらへんにうじゃうじゃいる。

なかでも、部屋の鴨居よりも大きそうな一体の鬼は、特別しつこかった。窓の外からずっと鴇守を見ていて、外に出れば、ストーカーのごとくつきまとってくる。

救いだったのは、うじゃうじゃいる鬼たちが家のなかに入ってこず、家の外に出た鴇守にも、一定の距離以上は近づいてこなかったことだ。

鬼のせいで毎日毎日心休まる暇もなく、孤独と恐怖に満ちた鴇守の人生を劇的に変えたのは、夜刀との出会いだった。

鴇守が五歳の誕生日を迎えた朝、夜刀は突然現れ、枕元にちょこんと座っていた。

寝惚けていたし、鬼は家のなかまで入ってこないと思いこんでいたから、夢でも見ているのかとはじめは思った。

だが、何度瞬きしても、それはそこにいた。

どうやら、小鬼のようだった。大きさは十センチ程度、人間と変わらない姿をしている。身にまとっているのは、虎の模様のパンツのみ。頭には短く細い角が二本、申し訳程度に生えていた。

寝たまま首を横向け、小鬼を見た体勢で固まっている鴇守に、小鬼が話しかけてきた。

「よしよし、やっと俺を見たな。鴇守、俺は夜刀。お前の鬼だ。仲よくしようぜ」

十センチの小鬼の明るいもの言いに、鴇守は呆気に取られて返事もできなかった。

「おい、俺の声が聞こえてるか？　俺はお前の嫌いな大きくて怖い鬼じゃないぞ。見てのとおり、小さくて弱い。だから、俺と仲よくしてくれ。俺の言ってること、わかる？」

「……うん」

鴇守はようやく身体を起こして返事をした。

生まれたときから鬼を見てきたが、鬼と会話をしたのは、これが初めてだった。見れば見るほど小さな鬼で、間近から覗きこまないと表情もわからない。

「俺のことは夜刀って呼べよ」

「……夜刀？」

「おう！」

元気よく返事をして、にかっと笑う。唇から覗くのは角と同じく、貧弱そうな白い牙。

あれで噛まれても、痛くはなさそうだ。家の庭に入ってきては、祖母に追い払われている野良猫の牙のほうが、よっぽど鋭くて長い。

「夜刀はぼくを食べる？」

勝元の英才教育のおかげで、もともと持っていた臆病かつ慎重な性格に拍車がかかっている鴇守は、とりあえず一番重要なところを確認した。

「食べない」

「ほんとう？　ほかの人も食べない？」

「ああ、鴇守もほかの人も食べない」

「指きりげんまんできる？」

「できる」

夜刀は鴇守に向かって腕を伸ばし、小指を突きだした。

「指きりげんまん、うそついたら針せんぼんのます」

引っかけることができなくて、小指同士をくっつけたような指きりげんまんをして、鴇守はようやく安心した。

その日から、鴇守の肩には夜刀がいつも乗るようになった。服のポケットに入っていることもあるし、髪をわしわしと摑んで頭に登頂してくることもある。

家族は誰も夜刀がいることに気づかなかった。

相変わらず、鴇守に期待しては失望し、説教したり鼓舞したり、勝手なことを言う。

そんなとき、鴇守はいつも泣くことしかできなかったが、夜刀のおかげで涙を流す回数が激減した。

家族が鴇守になにか言うたびに、夜刀は恐ろしい勢いで反論し、むちゃくちゃなことを鴇守の耳元で叫ぶため、家族の言葉が聞き取れないのだ。

夜刀に気を取られて泣かなくなった鴇守を、強くなったと誤解した家族は喜んで、結果的に説教が減った。

勝元はもちろん、夜刀の存在に気づいた。

夜刀と勝元が最初に顔を合わせたとき、二人は三十秒ほど沈黙して見つめ合っていた。お互いに品定めしていたようだ。

先に口を開いたのは夜刀だった。

「よう！　あんた、俺が見えてるようだな。俺は鴇守の鬼だ。よろしくな」

「……鴇守さんの教育係の矢背勝元です。よろしくお願いします」

やたらと偉そうな夜刀に対しても、勝元は敬語だった。

「鴇守、勝元に俺の名前を教えてやってもいいぞ」

「……え、うん。この子は夜刀って言います」

自分で名乗ればいいのにと思いながら、鴇守は勝元に夜刀の名前を告げた。

鬼は自分の主と定めたもの以外には自発的に名を名乗らない、という習性を、鴇守はまだ知らなかった。

「名を教えていただき、ありがとうございます」

勝元は鴇守に慇懃《いんぎん》に礼を述べた。

教えたのは鴇守だから、礼も鴇守に言うのが正解かもしれないが、会話が嚙み合っているようないないような、不思議なやりとりだった。

鴇守が夜刀と正式な契約を結ぶことにしたのは、八歳のときである。

早くしろと夜刀にせっつかれていたのもあるし、使役鬼にするなら夜刀しかいないと鴇守自身も感じていた。

小鬼を選ぶなんてと家族は怒り狂ったが、勝元は反対せず、鴇守の希望は速やかに本家に伝えられ、あっさりと許可が下りた。

正式契約の儀式は、矢背家の祖、秀守が住んでいた京都の旧屋敷で執り行われる。

本家は江戸時代の中期に江戸へ進出し、現在は東京都内の広大な敷地に居を構えており、旧屋敷は契約儀式のときのみに使用される。

儀式に鬼使い以外の同席は不可で、家族は同行せず、勝元が旧屋敷まで鴇守と夜刀を連れていってくれた。彼も鬼使いではないため、送迎のみである。

旧屋敷に着いた鴇守を迎えてくれたのは、儀式の準備と見届け役をするという三人の鬼使いたちだった。四十代くらいの男性と三十代くらいの女性、それと、鴇守が生まれるまで最年少だったという十八歳の青年である。

四十代の男性は矢背藤嗣《ふじつぐ》、女性は矢背季和《きわ》、青年は矢背高景《たかかげ》と名乗った。

彼らは鴇守が初めて会った、自分以外の鬼使いだった。

「こんにちは、鴇守くん。今日からきみも鬼使いの仲間入りだ。儀式には本来、ご当主の正規《まさのり》さまが立ち会われる習わしだが、今回は急な仕事でこちらにいらっしゃることができなかった。後日、東京で会見の席を設けてくださるそうだ」

緊張のあまり、石像となって無言で立ち尽くしている鴇守に、藤嗣が言った。

「そんなに硬くなることないのよ。私の息子も鴇守くんと同い年なの。残念ながら鬼使いじゃなかったんだけどね。八歳でここに来る子なんて、私は初めて聞いたわ。普通は仕事を始める前の十三、四歳で契約するの。よっぽど鬼と気が合ったのね」

まるで自分の子どもにそうするように、季和が鴇守の頭を優しく撫でた。

「よう、チビすけ。ようやく俺の下ができて嬉《うれ》しいぜ。俺は九州支部の所属だから、なかなか会えないだろうけど、若いもの同士、仲よくしよう。よろしくな」

大学一年生になったばかりの高景が、気のよさそうな兄貴の顔で笑った。

儀式のあらましは藤嗣が説明してくれ、食事の世話や、儀式用の着物への着替えは季和が手伝ってくれた。

高景は四年前に彼自身の契約を、ここですませている。三人のなかで記憶も一番鮮明だから、経験談を話して鴇守の緊張を和らげようとしてくれた。

その間、夜刀は鴇守の肩にぺたりとくっつき、いつものおしゃべりが嘘《うそ》のように神妙な態度で黙りこくっていた。

そして、鬼使いたちは夜刀の姿が見えているはずなのに、誰一人として夜刀について鴇守に訊ねようとはしなかった。

契約済の使役鬼を持つ鬼使いは、決してほかの鬼に興味を示してはならない。鬼使い同士での鬼の話題は禁句なのだ。

理由は、自分の使役鬼が嫉妬するからである。消極的だったり好戦的だったり、鬼の性格はさまざまだが、たいていの鬼は独占欲が強く、嫉妬深い。

契約した自分だけの鬼使いが、自分以外の鬼に興味を持つことが許せず、独占欲を振りかざして暴挙に出る。

鬼同士の殺し合いが始まることもあれば、使役鬼が自分の鬼使いを殺して食ってしまうこともある。そうすることで主を独占し、文字通り一心同体になろうとするのだ。

死に結びつく鬼の嫉妬を避けるには、見て見ぬふりが一番だった。

儀式は新月の夜に行われる。

使用するのは旧屋敷の庭にある、直径五メートルほどの円形地盤だ。「鬼来式盤《きらいしきばん》」と呼ばれるそれは、秀守の両親である陰陽師の秀遠と、雌鬼の芙蓉が協力して作ったものと言われ、人間界と六道の辻を使役鬼たちが自由に行き来できる通路と扉の役目をしているらしい。

やがて日が落ち、夜になった。

ひとつだけ焚かれた篝火《かがりび》がぼんやりと暗闇を照らし、鬼使いたちが見守るなか、鴇守は真っ白の着物を着せられ、鬼来式盤の内側に一人で立たされた。千年以上の年月を経てかなり薄くなっているが、式盤の周囲と中心に、梵字《ぼんじ》のような文字が書かれている。

儀式が始まる前に別れた夜刀は、六道の辻で待機しているはずだった。

「や、矢背鴇守の名において命じる。夜刀、いで……出でよ」

拙《つたな》い動きで教えられた招喚《しょうかん》の印を結び、言い慣れない言葉に閊《つか》えながら夜刀を呼ぶ。

ポコッという可愛らしい音とともに地盤の中心が盛り上がり、土を掻きわけて夜刀が這いでてきた。

これで夜刀専用の道が通じ、鴇守はどこにいても、夜刀を呼びだすことが可能になる。

しゃがもうとする鴇守を止め、鴇守の顔あたりまでふわりと浮き上がった夜刀が、剝きだしの腕を差しだした。

震える手で、鴇守は着物の帯に挟んである短刀の柄《つか》を摑み、鞘《さや》から抜いた。

契約のために貸与される短刀の名は「千代丸《ちよまる》」。血与丸とも書かれ、通常の刃物では斬れない鬼の身体を傷つけ、流血させる特殊な刃である。

短刀といえど、子どもの鴇守には大きくて重く、鴇守の小指ほどの太さしかない夜刀の腕を傷つけるのは怖かった。力加減を間違ったら、大怪我をさせてしまう。

ぶるぶる震えている鴇守の手を見て、任せておけないと悟ったのか、夜刀のほうが動いて千代丸の刃に腕を擦りつけた。すっと線が走り、赤い血が溢れだす。

呆然《ぼうぜん》としている鴇守の口に、夜刀は傷口を押しつけた。

咄嗟《とっさ》に顔を背けようとして、鴇守は自分のすべきことを思いだした。おそるおそる舌を伸ばして血を舐め取る。

「もっと吸え。零すなよ」

吐息のような微《かす》かな夜刀の声が聞こえた。

言われるがままに吸い上げると、傷口や夜刀の身体の大きさからは考えられないほど大量の血が口のなか一杯に広がった。

咽《むせ》そうになるのをどうにか堪え、鴇守は目を瞑って少しずつ飲んだ。

夜刀の血はさらりとしていて甘く、味としては美味しい部類に入るけれど、血を飲むという行為そのものに生理的嫌悪感がある。

「もういいぞ」

夜刀に言われて、鴇守は夜刀の腕から口を離した。

喉《のど》の奥、腹の底が熱かった。ドクンと大きく心臓が鼓動し、火の粉が散るように熱さが全身を駆けめぐっていく。

頭が痛くて吐き気がしたが、必死で耐えた。招喚に応じた鬼の血を鬼使いが体内に取り入れるのは、それが鬼使いと使役鬼をつなぐ道しるべになるからだ。

六道の辻まで探しに行って契約した鬼は、本当なら人間界にいてはいけない存在だから、仕事のときだけ人間界に呼びだし、使役しないときは六道の辻に帰すという。

たしかに、藤嗣たちの使役鬼を、鴇守は一度も見なかった。

招喚され、鬼来式盤を通して人間界に出てきた使役鬼は、与えた自分の血の気配をたよりに主を探しだし、瞬時にそこへ参じるそうだ。

夜刀はもともと人間界にいた鬼なので、鴇守は夜刀を四六時中そばにおいておける。鬼来式盤を必要としないため、儀式なしで契約を結ぶことも可能だが、その場合は野合《やごう》と言われ、矢背家では正式に認めてもらえない。

また、鬼使いに血を与えた鬼は、主が死ぬか、主から契約解除を申し渡すかしないかぎり、専用の使役鬼として使われ、主にのみ従う。契約済の使役鬼を、ほかの鬼使いが横取りすることはできない。

鴇守は夜刀のもの。夜刀は鴇守のもの。勝手に言っているだけの口約束が、これで正式な契約となり、すべての鬼使いたちに通達される。

ようやく吐き気が治まり、鴇守は手の甲で口元を拭おうとして、まだ手に千代丸の柄を握り締めたままだったことに気づいた。

刃には血の一滴も付着していなかった。

ふと目をやった夜刀の腕にも、血痕どころか、傷跡すら残っていない。

「鬼の傷はすぐ治る。痛くもないし。それじゃ、またあとでな」

夜刀はやはり鴇守にしか聞こえない小さな声でそう言い、出てきた地面に降り立つと、ズズッと足から土のなかに沈んで見えなくなった。

鴇守も千代丸を鞘に収め、鬼来式盤から出た。

これで儀式は終わりである。その日は旧屋敷に泊まり、翌朝、立ち会ってくれた三人に礼を言って別れ、勝元に連れられて帰った。

契約前後で変わったことがあるのかと問われれば、よくわからない。

契約の後遺症として、儀式の日からやたらと好戦的になり、過干渉で期待ばかりかける家族に腹を立てて激しく言い争ったり、電柱の陰に隠れて鴇守をじっと見ている鬼が気に障って喧嘩を売りに行ったりしたが、三日ほどで治まり、その後はおとなしい通常の鴇守に戻った。

鴇守にとって、六道の辻とは未知の世界である。

「六道の辻ってどんなところなんだ？　夜刀はそこで生まれたのか？　鬼って普段、なにをしてる？　どんなふうに生きてるんだ？」

気になって夜刀に訊ねてみたところ、いつも威勢のいい夜刀がものすごく困った顔をして、言いづらそうにしぶしぶ声を絞りだした。

「……弱肉強食」

「ごめん、夜刀。もう訊かないから！」

踏みこんではならない領域に踏みこんだことに気づき、鴇守は急いで謝った。

鴇守には偉そうな態度を取っているが、鬼としては小さく弱い夜刀が、そのような世界で生き延びるのは大変だっただろう。境界の隙間から命からがら人間界に逃げてきて、そこで鴇守を見つけたのかもしれない。

それほど殺伐とした世界になど夜刀を帰さないし、鴇守も絶対に行かないと決めた。

鬼使いは強い使役鬼を求めるものなのに、鴇守は力のない小鬼を好み、鬼は人間を食べて強くなりたがるものなのに、夜刀は欲しがらない。

矢背家の歴史から見て、鴇守と夜刀は相当に変わった鬼使いと使役鬼であるようだったが、当の本人たちは現状に満足していた。

3

第六十九回夏至会に参加するため、鴇守《ときもり》と夜刀《やと》は勝元《かつもと》が運転する車で東京《とうきょう》本家に向かった。

勝元はエージェントだが、かつては教育係でもあったので距離感が近く、スーツの仕立につき合ってくれたり、車でないと行きにくい場所へ行くときは運転手をしてくれたりする。

上位の鬼使いになると、エージェント、運転手、秘書など、何人もの従者を連れていると聞くけれど、鴇守には勝元一人で充分だった。

「行きたくねぇなぁ。おい、勝元。このままズラかろうぜ」

「またまたご冗談を。それにもう着きますよ」

夜刀の軽口を、勝元は軽くいなした。

本家の現屋敷は矢背《やせ》一族の本拠地だけあって、とにかく広い。周囲を高い塀で仕切られた大門に到着しても、乗車したまま通り抜け、第二の門も通りすぎ、第三の門を通って、ようやく目的の建物が見えるのである。

京都《きょうと》の旧屋敷と比較する意味で、現屋敷と呼ばれているが、屋敷はひとつではなく、広大な敷地のなかに用途に合わせた建物がいくつか建っていて、毎年夏至会には来ているものの、鴇守は現屋敷の全貌《ぜんぼう》を知らなかった。

勝元の車は例年通り、夏至会の会場がある建物の前で停まった。

「鴇守さん、ネクタイが少し歪《ゆが》んでいますよ。では、終わったら車をまわしますので」

「お願いします」

ネクタイをなおしてから、鴇守と夜刀は車を降りた。

鬼使いの会合に、勝元たちエージェントは入れない。従者が控える待合所があるそうで、鬼使いが鬼使いにしかわからない話をしているように、従者は従者にしかわからない話をしているのかもしれない。

開始時間まで、まだ三十分はある。鴇守はなかに入らず、外で時間を潰《つぶ》すことにした。

「いいか、鴇守。鬼をこっちに呼びだしてるやつはいないと思うが、誰の鬼でも絶対に目を合わせるな」

夜刀は鴇守の左腕に、両手両足を巻きつけてくっついている。油断なく周囲を見まわし、神経を研ぎ澄ませているようだ。

「わかってるよ」

鴇守は小声で囁《ささや》き、夜刀の髪を撫《な》でた。

「向こうから目を合わせてこようとしたら、とりあえず、目を閉じろ。手で目を覆ってもかまわねぇ」

「目を閉じたら、なにも見えなくなるじゃないか」

「数秒でいい。その間に俺がなんとかするから」

「あんまり危ないことをするなよ」

「大丈夫だ。お前は俺が守ってやる。お前の鬼は俺だけだ。俺以外の鬼と一瞬でも見つめ合ったりしたら許さねぇ。わかってるな?」

「もちろん」

独占欲が強く嫉妬《しっと》深い使役鬼に、鴇守は頷《うなず》いた。

夏至会でなくても、夜刀は鴇守がほかの鬼と目を合わせるのを極端に嫌う。鴇守だって、鬼と目を合わせたいとは思わないが、ふとした拍子にうっかり目が合ってしまうこともあって、そんなときは夜刀に烈火のごとく怒られた。

そして、償いとして、キスを要求される。

黒塗りの車が列をなし、鬼使いたちが続々と集まってきていた。

「鴇守!　一年ぶりだな。元気だったか?」

背後から声をかけられて、鴇守はぱっと振り返った。

契約儀式でつき添ってくれた高景《たかかげ》が、片手を挙げて歩み寄ってきた。グレイのスーツがよく似合っている。

八歳の鴇守が二十一歳になったように、十八歳だった彼ももう三十一歳だ。

「高景さん。ご無沙汰《ぶさた》してます。俺は相変わらずです。高景さんはどうですか?」

「俺はいいようにこき使われてるよ。ここんとこ、やけに忙しくてな。仕事を二つ三つかけ持ちするのも珍しくない」

「すごいですね」

まったく他人事《ひとごと》みたいに、鴇守は感心した。

全国に分散している鬼使いは、東北、関東、中部、関西、九州と五つに分けられた支部のどれかに所属するのが決まりだ。大抵が生まれた場所から動かず、鴇守は関東支部、高景は九州支部に名を連ねている。

小さい仕事しかしない鴇守は一人で充分こと足りるが、高景のように二つ三つかけ持ちするような鬼使いは仕事も大きく、数人でチームを組んで動くこともあるらしい。広域に亘《わた》るときは、支部を越えて協力し合うという。

失《う》せもの捜しをしている鴇守とは、世界が違う。

忙しいと愚痴を言いながらも、高景は充実しているようだ。鬼使いであること、自分の仕事に誇りを持っているのだろう。

羨《うらや》ましいとは思わなかった。

「昨夜も遅くてほとんど寝てないんだ。朝一の飛行機に乗ってきて、夜にはまた飛行機に乗って帰るんだぜ。いっそ、欠席したかったぜ」

ぶつぶつとぼやいている甘く整ったハンサムな顔を、鴇守は見上げた。

彼も、彼の鬼に人殺しを命じたことがあるのかもしれない。いや、それ以前に、鬼への報酬として人間を与えている可能性は高い。

そのことに嫌悪感だとか、割りきれない思いを抱く鴇守のほうがおかしいのだ。

「高景さんでも欠席できないんですか?」

「当たり前のことを言うな。俺はお前の次に若造なんだぞ。欠席なんかしたら、じじいどもになにを言われるか」

高景がそう言ったところで、背後から悪意のあるしゃがれた声が投げつけられた。

「ひよっこが偉そうな口の利き方をしおって。最年少の小童《こわっぱ》は、また小鬼を連れておるのか。人形でもあるまいに、腕に巻きつけてみっともない。一族の役にも立たぬ面汚しが」

鴇守と高景は声の主を見た。

白髪頭の七十代の老人が、露骨に苦々しい表情を浮かべて二人を睥睨《へいげい》しつつ、しっかりした足取りで歩き去っていく。

出席するたびに同じことを言われているので、鴇守はとくになんとも思わなかった。一族の役に立っていないのは事実だから、反論の余地もない。

高景もまたか、という顔をしているだけで無反応だ。

心配なのは、喧嘩《けんか》っ早い夜刀である。しかし、夜刀はむっとした顔で老人の後ろ姿を睨《にら》んでいたが、報復する気はないようだった。

そういえば、夜刀は鬼使いが集まる場ではほとんどしゃべらないし、人形のように固まって鴇守にくっついている。鴇守が馬鹿にされても現場では文句を言わず、家に帰って二人きりになってから、しこたま罵《ののし》っている。

内弁慶なのかもしれないと思うと可愛《かわい》くなって、鴇守は夜刀の頭に頬《ほお》をすり寄せた。

「気にすんなよ、鴇守。あのじいさん、ちょっとボケてきてて、もう仕事はほとんどまわしてもらってないらしい。段取りを考える思考力がなくなってきてるんだな。夏至会に参加するのだけが生きる目的なんだよ。もうじき、引退を告げられるんじゃないかって話だ」

「引退ですか……」

鬼使いに定年はないが、仕事ができなくなれば引退するしかない。使役していた鬼に契約破棄を告げ、契約時に取りこんだ鬼の血を返す。その返し方も、鬼は吸血鬼よろしく鬼使いの首元に牙を差しこみ、吸い上げるそうだ。

そうして、鬼使いと使役鬼の関係は白紙に戻る。鬼使いは死ぬまで鬼使いの資格をその肉体に持っているが、引退後はどの鬼とも再契約は結べない。

何十年か後に来る引退について、鴇守は深刻に考えていなかった。

夜刀は正式契約を結ぶ前から鴇守のそばにいたし、鬼使いを引退してもずっとそばにいると約束してくれている。むしろ、仕事から解放される引退の日が待ち遠しいと本音を言ったら、あの老人は火を噴くほどに怒るだろう。

「だいたい、鬼使いの数が減ってきたのも能力が劣化してるのも、俺たちのせいじゃない。じいさんの世代から四、五十年分、芙蓉《ふよう》の血は薄れてるんだ。劣化しないほうがおかしい。それに、鬼使い全盛期は平安から室町あたりじゃないか。何百年も前の栄光に縋《すが》って、今を嘆くほうがみっともないぜ」

高景は軽蔑《けいべつ》しきった低い声で吐き捨てるように言った。

初代はもちろん、全盛期だった時代には、複数の鬼を使役できる鬼使いたちがたくさんいたそうだが、今では一人の鬼使いが使役できるのは一体が限界だ。

血は薄れていく一方なので、複数の鬼を自在に使役するような鬼使いは、もはや生まれてくることもないだろうと言われている。

「複数の鬼を使役するって、どうやってたんでしょうね。使役鬼同士の折り合いとか。だって、一体だけでも焼きもち焼きなのに、複数の鬼を呼んだりしたら嫉妬で大変なことに……いたっ、ちょっと夜刀、痛い！」

夜刀が左腕を万力で締めつけてきて、鴇守は悲鳴をあげた。

「ははっ、ほかの鬼の話をしただけで、それか。ちっこいのに、すごい独占欲だな」

高景がおかしそうに笑った。

「笑いごとじゃないですよ。こら、夜刀、やめなさい。お前以外の鬼なんか、興味ないよ。お前だけで充分だって、ずっとそう言ってるだろ？」

夜刀の全身を撫でまわして機嫌を取ると、ようやく夜刀が力を抜いてくれた。

「去年より、また大きくなってるな」

「はい。五センチほど伸びました」

使役している鬼について、鬼使い同士では話をしないのが普通だが、親しくなってくると話したくなるのが人間というものだ。とくに夜刀はいつも見えているので、いっさいなにも触れないというほうが難しい。

使役鬼が嫉妬しなければいいのだから、鬼使いがそのラインを心得て話せば大丈夫だろう、ということになって、鴇守と高景は自分たちの使役鬼についてわりと話をする。

嫉妬させてはいけないので、相手の使役鬼は絶対に褒めない。

二人とも自分の鬼が一番だと思っているから、実際には使役鬼自慢大会になる。

「若い鬼なのかな？　うちのティアラちゃんは力が強くなっても、外見は変わらなかったな。あるとき、おっぱいを大きくしてもいいんだぜ、って言ったら、さっそく巨乳になってな。ほんと可愛いやつだよ、俺のティアラちゃんは」

ティアラちゃんというのは、高景の使役鬼である雌鬼の偽名である。主以外に本名を教えるのを嫌がるそうで、対外用にアイドルネームをつけたらしい。

さらさらした長い金髪に、Gカップはある巨乳、くびれた腰に張りだした尻のラインが最高だとか言っている。

全身の皮膚が林檎《りんご》の皮のように赤いので、照れて赤面しているのを見抜くのに五年かかったとか、一つ目なのでウィンクできないことを悩んでいる姿が、身悶《みもだ》えするほど可愛いなどとも言っている。

高景は十四歳のとき、ティアラちゃんに一目惚《ほ》れしたそうだ。

鬼使いもいろいろだな、と鴇守は心底思ったものだ。

「おっと、自慢話はこれまでだ。そろそろ時間だから、なかに入ろう」

「そうですね」

「あ、そういえば、さっきの話で思い出した。今じゃ禁句扱いになってるから、お前は知らないだろうけど、複数の鬼を使役できる鬼使いは、最近までいたんだ。俺より五つ上のやつだった。期待の星で、当主が後継者として囲いこんで教育していたそうで、俺は本人を見たことはない。だが、十年ほど前に、鬼を使役しきれずに死んだらしい」

「……し、死んだって、その、鬼に……?」

「食い殺されたのかって? さぁな。うちの支部のじいさんたちが話してるのを小耳に挟んだだけだから、詳しいことは知らないんだ。で、それからそいつの話はしてはいけないことになった。いなかったものとして忘れろって、当主の名前で命令がまわってきたから、なんかヤバいことになってたんだろうな。かなりむごい死に方をしたんじゃないかと、俺は思う。それを知った鬼使いが、鬼使いであることを恐れてしまうような」

「みんなが怖がるから、その人の存在そのものを消すことにしたんでしょうか。特出した力を持って生まれてくるのも、大変ですね」

「ああ。俺はティアラちゃんだけで充分だ」

「俺も夜刀だけで充分です」

鴇守がそう言うと、夜刀は嬉《うれ》しそうに鴇守の腕に額を擦りつけて甘えた。

夏至会会場は一階の大広間で、まるで結婚式の披露宴のように円卓が並べてある。ひとつの円卓に六人ほどが座り、当主とその側近は雛壇《ひなだん》に並んで座る。

所属支部によって席次が決まっているので、高景と同じ円卓になったことはない。

「またあとでな、鴇守」

「はい」

高景と別れ、鴇守は関東支部の円卓に向かった。五つの支部に分けられているが、鬼使いの数は首都を含む関東が一番多い。

夏至会は夏至に決まって行われるため、仕事で来られない鬼使いもいる。椅子《いす》の数を数えたら、五十二席しかなかった。総勢六十五人なので、欠席は十三人だ。

鴇守はほとんどの鬼使いの顔も名前も知らなかった。

一年に一度しか集まらないし、欠席するものもいて、個人に配られる名簿はなく、一人一人自己紹介をするわけでもない。

顔と名前が一致しているのは、当主の正規《まさのり》と、儀式のときに立ち会ってくれた藤嗣《ふじつぐ》と季和《きわ》、高景と、同じ円卓につく関東支部の数人、あとは先ほど嫌味を言った老人くらいである。

藤嗣と季和も関東支部の所属だが、正規の側近なので円卓には座らない。

会場内にいる鬼は、夜刀だけだった。

鴇守がなだめすかしても、褒美のキスで釣ろうとしても、夜刀は頑として鴇守から離れようとしなかった。

大勢のなかでたった一人違うことをしていると、身の置きどころがない気持ちになるけれど、過去五回もそうだったから慣れたといえば慣れた。

騒ぐでも暴れるでもないので、鴇守は四十センチの腕輪をつけているのだと思うようにしている。

それに、討論会になり、議論が白熱してくると、鬼を呼びだすものも出てくる。そうなったら、夜刀のことなど誰も気にしない。

正規が壇上に上がった。

「今より、第六十九回夏至会を始める。みな、よく集まってくれた――」

退屈と緊張が同居する、一年で一番苦手な時間の始まりだった。

4

「夜刀、食べづらいよ。ちょっと離れて」

大学からの帰り道に寄ったファストフード店で、鴇守は小声で囁いた。動く口元を見られないように、ハンバーガーで隠している。

「やだ。大学にいる間は離れててやっただろう。俺は鴇守とくっついていたい」

夜刀は鴇守の右腕に、四肢を絡めてしがみついていた。

夏至会が滞りなく終わって一週間、六月下旬なのに今日は真夏のように暑い。店内は冷房が効いているとはいえ、体温を持った生き物に巻きつかれれば暑苦しさでうんざりするし、利き腕の動きを妨げられて、とても不便だ。

右腕を浮かせた不自然な格好でハンバーガーにかぶりつきながら、やはりテイクアウトにするべきだったかもしれないと考えていた鴇守は、夜刀に腕を叩《たた》かれて我に返った。

「……？」

夜刀が睨みつけているほうへ視線を向けると、先ほどまで大学で同じ講義を受けていた同級生が三人、食べ物が載ったトレイを持って近づいてくるところだった。

「あれ？　変人くんじゃないか。変人くんもこんなとこでメシ食うんだ」

空いている席はほかにもあるのに、彼らはわざわざ鴇守の隣のテーブルに座った。

変人くんとは、鴇守につけられたあだ名である。

異論はない。独り言が多く、一人でニヤけていたり、ときどきなにもない場所を凝視して固まっている鴇守は、普通の人間から見てたしかに変人であろう。

どう思われてもかまわないが、こうして絡まれるのは鬱陶《うっとう》しく、できるだけ彼らを見ないようにして、ひっそりとため息をつく。

「うわ、目逸《そ》らしてため息とか、感じ悪い！」

こちらが反応すればするほど、苛《いじ》めはエスカレートしていくものなので、鴇守はなにも言わず、戦線離脱の隙を窺《うかが》いつつ、残っていたポテトを黙々と口につめこんだ。

「ちょっと聞いてくれよ。俺さ、こないだ合コンに行ったんだけど、偶然にも変人くんと小学校の同級生だったたって女の子が来てて、知り合いになったのよ」

「マジで？」

「こっちの大学の名前言ったら突然、矢背くんって子がいるの知らない？　とか言いだしてよ。変人くんって、小学生のころから伝説レベルの変人で有名だったらしくて、その子からいろいろ聞いちゃった。ってか、訊《き》いてもないのに、話しだしたら止まらなかったよ、彼女」

三人は勝手に盛り上がり、口火を切った男がおもしろおかしく話し始めた。

席を立つタイミングが計れずに、鴇守も一緒に聞くはめになった。

鴇守を苛めていた生徒が屋上から突き落とされて死んだ。死んだ生徒の親が鴇守の家に怒鳴りこんだが、逆に罵られて追い返され、両親は自殺した。苛めを止めなかった教師は交通事故で意識不明の重体となり、今も入院している。

などなど、実際の話に尾ひれがついたものやら、事実無根な話まであって、鴇守はわずかに苦笑した。

「矢背くんは近づいちゃいけない人なの、相当ヤバい家柄なの、気をつけてって彼女に真面目《まじめ》な顔で言われたんだけどさ。本当のところ、どうなんだ?」

三人の顔つきは完全におもしろがっているもので、聞いた話をすべて信じこんでいるわけではなさそうだ。

「誰も死んでないよ。屋上から落ちたとか、自殺した両親がいたとか、俺も初耳だ」

鴇守はさらっと言って立ち上がり、トレイを持って席を離れた。

「死んでないけど、事故が多かったのは間違いないってことか?」

「怪我《けが》した人もいたんだろ。やっぱ、気味悪いよな」

好き勝手にしゃべっている声を背に、鴇守は店を出た。

鬱陶しい輩《やから》だが、追いかけてくるようなしつこさがないだけましだった。

それにしても、小学校の同級生なる女子が、鴇守がどこの大学に進んだかまで把握し、周囲の学生に警告しているというのには、薄ら寒いものを感じた。

死人が出ているという悪意ある誇張はいただけないが、矢背くんは近づいてはいけない人だ、という分別はもっともである。

苛めるためなら、鴇守だって近づいてほしくない。鴇守に害が及ばなければ、夜刀が報復行為に走ることもなかったのだ。

「……あれ？　夜刀？」

腕に巻きついていた夜刀がいつの間にか姿を消していて、鴇守は立ち止まった。周囲を見まわしても、見当たらない。

こういうことはたまにあった。探さなくても、ひょっこり戻ってくるので、そのまま駅に向かうことにする。

案の定、夜刀は五分もしないうちに飛んできて、鴇守の右腕にしがみついた。

「あいつら、嘘《うそ》ばっかり言ってた。俺はあんなこと、してねぇ」

「噂《うわさ》ってそんなものだよ」

鴇守は左手を口元に当て、小声で言った。

「あいつらに話したって女、探そうか？」

「いい。噂が広まったら、本家が出るよ。矢背の名前を出してるから」

SNSを利用している学生は多い。誰かがインターネットに書きこむと、あっという間に広まってしまう。

矢背家はいい意味でも悪い意味でも、自分たちの名前が表社会で広まることを嫌うので、電子世界の監視も怠っていない。ネット上で矢背の名前が増えすぎたら、なにか対策を講じるだろう。

鴇守にもお咎《とが》めがあるかもしれないが、小学生時代の噂の尾ひれや背びれの面倒まではみきれない。

「おい、ちょっと待て！　……そこの大学生、お前のことだ、矢背の！」

自分のことだと思わなかった鴇守は、名字を呼ばれて足を止めた。

振り向けば、男が一人、こちらに向かって走ってくる。二十代後半くらいの、知らない男だった。

男は息も乱さず、鴇守の前に立ちふさがり、険しい怒りの表情で鴇守と夜刀を交互に睨みつけている。

まさか夜刀が見えているのか、と警戒したとき、夜刀が耳元で低く囁いた。

「退魔師だ」

鴇守の呼吸が一瞬止まった。

退魔師。鬼や魑魅魍魎《ちみもうりょう》、悪霊などを狩ることを生業《なりわい》としているものたち。

話に聞いたことはあるが、実際に会ったのは初めてだ。男は薄手のジャケットにジーンズというラフな格好で、背が高くがっしりした体格をしている。

彼らは人間を害する異界のものたちはもちろん、生霊や死霊などもよく見て、それに悩まされている人からの依頼を受けて仕事をする。

彼らにとって鬼とは狩るべきもので、その鬼と契約して便利に使役する矢背家を外道《げどう》と蔑《さげす》み、忌み嫌っていると聞いた。

使役鬼だろうが野良鬼だろうが、退魔師にとってはどちらも鬼にすぎない。隙を見せたら主《あるじ》持ちの使役鬼さえも滅せられてしまう。

「お前、どういうつもりだ！」

いきなり怒鳴りつけられて、飛び上がったのは鴇守だけではなかった。通りすがりの人々が、なにごとかと鴇守たちを見ている。

「チッ、ちょっとこっちに来い」

舌打ちした男は、顎先《あご》で路地裏の細い道を示した。

逃げたかったけれど、逃げたらきっと追いかけてきそうな気がして、鴇守は夜刀を両腕に抱えて男の後ろをついていった。

人通りのない場所まで来ると、男はさっそく怒鳴り始めた。

「お前は鬼使いだろう。さっきの店に、俺もいた。そして見たぞ。その小鬼がお前に言いがかりをつけていた子らに仕返しをしたところをな。危害は加えていないようだが、くだらないことに鬼を使うな」

「し、仕返し？」

鴉守は驚いて男を見、そして夜刀を見た。

「鬼使いのくせに、自分の鬼がなにをしているか気づいていないのか！　この愚鈍な鬼使いめ。その小鬼はな、お前が店を出てから、あの三人組のテーブルに現れて、彼らの一人が持ってたチケットを盗んで捨てたんだ。次のデートで使うと自慢していた遊園地の無料招待券だった。スリもかくやと思うほど鮮やかな手並みだったぞ。お前、自分の鬼にそういうことをよく命じているのか？」

「……知らない。そんなこと、命じてない。夜刀……？」

夜刀は鴉守を見ようとせず、鴉守にしがみついて男を睨んでいた。

睨まれた男も夜刀を睨み返し、一触即発の緊張感が生まれている。

咄嗟《とっさ》に鴉守の頭に浮かんだのは、夜刀を守らなければ、ということだった。

夜刀のように小さな鬼を狩るなど、退魔師には朝飯前だろう。仕返しをしたのが本当なら、分が悪いのはこちらだ。

鬼使いは私利私欲のためにその力を使ってはならないと、鬼使いの規約に書いてある。鬼が言うことを聞かず暴走したら、その始末をつけるのは鬼使いの義務だとも。

「ごめんなさい！　知らなかったんです。夜刀にはちゃんと言い聞かせますから。俺が悪いんです」

「鴇守は悪くない！　鴇守にちょっかいを出すやつが悪い！」

「夜刀、黙って！　すみません、本当によく言い聞かせます。ごめんなさい」

夜刀がこれ以上しゃべれないよう、自分の胸元にぎゅっと押しつけて、鴇守は頭を下げた。

男は鴇守の様子を見て、先ほどの行為は使役鬼の独断だと判断したらしい。

「鬼を便利に使う鬼使いはクズだが、鬼使いの命令以外のことを勝手にする鬼は危険だ。鴇守と言ったか、若さに甘えず、鬼使いなら自覚を持て。鬼が扱いきれないなら、その鬼との契約は解除しろ」

鴇守が反応するより早く、夜刀が激怒して男に向かっていこうと暴れ始めた。

「……っ、おとなしくして、夜刀！」

「小さいのに威勢のいい鬼だ。ますます狩ってやりたくなる」

「黙れ、退魔師風情が！」

「夜刀、駄目！　俺の言うことを聞いて！」

鴇守は絞め殺さんばかりに、夜刀を両腕に閉じこめた。なんとかして見逃してもらわないといけないのに、怒鳴り返すなんて最悪である。

「退魔師さん、ごめんなさい。本当はいい子なんです。俺には夜刀しかいません。夜刀以外の鬼ならいらないし、鬼使いでなくなってもかまわない。ずっと一緒にいてくれた、大事な鬼なんです。してはいけないことをきちんと教えるから、許してください」

小鬼を抱え、小さくなって謝罪をしつづける鴇守を見て、男も多少、冷静さを取り戻したようだった。

「あー、なんだ、弱いもの苛めみたいで調子が狂うな。矢背の鬼使いはみんな傲慢《ごうまん》で鼻持ちならないやつばかりなのに、なんでお前みたいな気の弱いのが鬼使いになったんだ」

「わかりません」

鴇守は悄然《しょうぜん》と呟《つぶや》いた。

なぜ自分が鬼使いに生まれついたのか、それは鴇守が聞きたかった。代われるものなら代わってやりたいと、父がかつて鴇守に言ったように、鴇守だって代われるものなら代わってほしい。

夜刀と出会えたことで、鬼使いも悪くはないと思えるようになったが、鬼使いでない人生にはいまだに憧れている。

鬼と無縁の生活は、どんなに気楽だろう。夜刀に悪い気持ちがあるから、あまり考えないようにしているけれど。

男は大きなため息をついた。

「俺は星合《ほしあい》という。退魔師の星合豪徳《ごうとく》だ。年齢から見て、お前は矢背家の一番若い鬼使いだろう？　バランスが悪くて危ういな。使役鬼が小鬼のせいか、なにもかもが未熟に見える。矢背家はアドバイスとか、してくれないのか？」

「……べつに、なにも。俺は下っ端だから」

「鬼使いに下っ端もくそもあるか。いい加減なもんだな、矢背一族も。今度その鬼が勝手なことをしたら、俺が退治してやるつもりだが、もしお前がその鬼を持て余して破棄したくなったら、俺に連絡しろ。跡形もなく消してやる。お前たちのことは見てるぞ、わかったな」

鴇守がなにも言えないでいる間に、星合は紙の小片を渡して去っていった。

そこには携帯電話の番号と、メールアドレスが書いてある。星合個人のものだろう。

とりあえず、助かったらしい。

「なんなんだ、あいつ！　偉そうに説教しやがって！」

今にも星合のあとを追いかけていきそうな夜刀の襟首を摑《つか》み、向き合うように持ち上げて、鴇守は厳しい顔で睨んだ。

「あの人のことは今はいいよ。それより夜刀、なんで仕返しなんかしたんだ？　変人変人って絡んでくるのは鬱陶しいけど、チケットを盗んで捨てなきゃならないほどひどいことをされたわけじゃない。口汚く罵られてもいない、暴力を振るわれたり、カツアゲされたりしたわけでもない。あんなの、苛めのうちにも入らないだろう？」

「……」

「夜刀！　俺が命じていないことは、絶対にしないって小学生のときに約束しただろ。俺の命令なら聞くって、言ってたじゃないか」

「……そうだけど。チケットを捨てただけで、あいつらに怪我させたわけじゃない。誰も傷ついてない。だから、俺は約束を破ってない」

「それを詭弁《きべん》って言うんだ！　店を出たときに姿が見えないと思ったら、そんなことをしに行ってたのか。……まさか、今までも同じようなことをしてたんじゃないだろうな？」

夜刀がちょくちょく消えて、すぐに戻ってくるのを思い出した鴇守は、はっとなって問い質《ただ》した。思い返せば、夜刀がいなくなるのは、鴇守が誰かに絡まれた直後が多かった。

持ち上げた夜刀を何度も揺すると、夜刀はしぶしぶ白状した。

「いつもじゃない。ときどきだ。たまにしかやらない」

「なにをした？　正直に言って」

「……提出用のレポートってやつをゴミ箱に入れたり、股《また》の間に水ぶっかけて漏らしたみたいに見せたり、自転車のタイヤをパンクさせたり、かな。でも、怪我はさせてないぜ？」

「肉体的に傷つけてないから大丈夫だって？」

「セーフだよな？」

「アウトに決まってるだろ！」

夜刀だって駄目だとわかっていたはずだ。ばれたら鴇守に怒られるとわかっているからこそ内緒にしていたのだろうに、この言いざまである。

「いつからだ？　いつからそんなことしてたんだ？」

「……うぅ」

夜刀は唸《うな》って答えなかった。どう答えれば、鴇守に雷を落とされないですむか、悪知恵を働かせようとしている顔つきだ。

夜刀とのつき合いが長い鴇守には、それで充分だった。

「ずっとやってたんだな？　小学生のとき、本家の対外交渉係の人に鬼封珠《おにふうじゅ》に閉じこめるぞって脅されて、もうしないって言ったけど、ばれないようにこそこそやってたんだ。怪我させてないからセーフだなんて、屁理屈《へりくつ》捏ねて。約束は守るって俺に言っておきながら、裏では破ってたんだ……！」

「違う！」

夜刀は首根っこを摘《つま》まれた猫のような格好で、鴇守に向かって手を伸ばした。

「なにが違うんだよ」

「小学生のときは約束守ってた。中学生になってからも、二年くらいまでは我慢してた。でも、どうしても耐えられなかったんだ。学校から帰ると、鴇守は泣いてた。俺は鴇守が悲しい顔をするのがいやだ！　鴇守はなにも悪いことをしてないのに、なんで苛められるんだ。鴇守が我慢できても、俺はできない。俺は鴇守を守るって何度も言った。鴇守を傷つけるものは許さないって。それも約束だ」

「……」

勇ましい夜刀の台詞《せりふ》に、鴇守は言葉を失った。

夜刀の行動はすべて、鴇守によかれと思ってやっていることなのだ。仕返しをすることで、夜刀が得することはなにもない。

諫《いさ》めないといけないのに、鴇守の心は嬉しいと感じている。夜刀以外の誰が、鴇守のためにそこまで必死になってくれるだろう。

なんだか泣きそうになってきて、鴇守は夜刀を懐に抱き締めた。

「わかってる。お前の気持ちはよくわかってる。ありがたいと思うけど、でも、仕返しは駄目だ。誰も傷つかない、偶然の不運と変わらない些細《ささい》なものでも。さっきの退魔師は、きっと俺たちを監視するはずだ。退魔師は悪さをする鬼以上に、矢背の鬼使いが嫌いだそうだから。彼につけ入る隙を与えたくない」

「俺は退魔師なんかに狩られたりしない。あいつ、弱そうだし」

「どう見たって、彼のほうが強そうだろ。夜刀、今度こそ約束してよ。お願いだから。お前を失いたくないんだ」

「……うん」

真摯《しんし》に頼むと、夜刀はようやく頷いてくれたが、その納得していないような態度に、鴇守は不安を覚えずにいられなかった。

5

夜刀は怒り心頭に発していた。

鴇守の機嫌がよろしくない。冗談を言っても笑わないし、抱きつきに行ったら引き離され、キスしようとしたら手のひらでブロックされた。

帰宅しても心ここにあらずといった調子で、ため息ばかりついている。

それもこれも、昼間に会った星合とかいう退魔師のせいだ。

夜刀を小鬼だと侮って、散々馬鹿にした。あの傲慢な顔を思い出すと、むしゃくしゃして手当たり次第にものを破壊したくなる。

自分の勘の悪さにも、腹が立っていた。退魔師が近くにいることに気づかず、一部始終を見られ、それを鴇守にばらされるなんて屈辱である。

夜刀のささやかな仕返しに、鴇守はまったく気づいていなかった。仕返しされたものたちでさえ、それが仕返しだったとは思っていないだろう。過去の失敗を踏まえ、鴇守に疑いの目が向かないよう、細心の注意を払っている。

鴇守には仕返し禁止を再度約束させられたが、守るつもりはない。鴇守の無念を夜刀が晴らさずして、誰が晴らすのだ。

夜刀は鴉守が好きだ。赤ん坊だった鴉守を初めて見たときから、夢中だった。かたときも離れずそばにいて見守りつづけ、ほかの鬼が近づかないように威嚇《いかく》してきた。ありのままの夜刀ではどうしても鴉守が怯《おび》えてしまうから、あれこれ試行錯誤すること五年をかけて、身体《からだ》を小さく、能力も低く見せる殻を被《かぶ》ることに成功した。

本家の鬼使いたち、当主でさえもだまくらかして、やっと鴉守の使役鬼になることができたのだ。

夜刀が狩られるのではないかと、鴉守はえらく心配していたが、退魔師ごときに負ける夜刀ではない。鴉守にそう言って、安心させてやれないのがもどかしかった。

「まずはあの退魔師に文句を言ってやらねぇと」

マンションの壁を通り抜け、外の道に立ち、夜刀は憎々しげに呟いた。

鴉守は今、風呂に入っている。子どものころは一緒に入れてくれたのに、美しく成長していく鴉守の身体に欲情を覚え、報酬にかこつけてセクハラを繰り返していたら、風呂とトイレは立ち入り禁止にされてしまった。

せっかく夜刀が高めた欲望を、鴉守は自慰で吐きだしてしまう。

湯に混ざって流れる精液がもったいなかった。一滴残らず夜刀が吸い取って飲んでやりたいのに、そこまではどうしてもどうしても鴉守に許してもらえない。

この小さな身体がいけないのだ。

四十センチの小鬼と性的な行為をすることに、鴇守は抵抗を感じている。だが、大鬼を怖がる鴇守に、本当の姿を見せたらどうなることか。

深刻な夜刀の悩みである。いちかばちかで大きくなり、既成事実として認めさせる作戦も考えたが、失敗したらそこで終わりだと気づいてやめた。

「いつになったら、遠慮なく鴇守に触れるようになるんだろ……。口も舌も指も、なにもかもが小さい小鬼じゃなくて、大きい俺の身体で触りたい。あの綺麗《きれい》な身体を隅々まで舐《な》めまわして、最高に気持ちよくしてやる自信があるのに」

部屋に戻って、入浴中の鴇守を盗み見したい欲求に駆られたが、夜刀は我慢した。

鴇守は長風呂で一時間は入っている。その間に星合のところへ行って、話をつけてくるつもりだ。

「退魔師が口を挟む問題じゃないってことを、思い知らせてやるぜ」

夜刀は目を閉じて集中し、星合の居場所を探った。

ほどなく、頭のなかに現在の星合の映像が流れてきた。明かりひとつない暗がりで、仕事中なのか、一体の鬼と戦っている。

なかなか苦戦しているようだ。対戦相手の鬼に殺されれば、夜刀が出向いて文句を言う必要はなくなるのだが、戦いが終わるまで見学している時間はない。

鴇守が風呂からあがるまでに、なに食わぬ顔で戻っていなければならないのだ。

そして、しっとりしている鴇守にべったりくっついて甘え、匂いを嗅ぎ、キスをし、乳首を弄《いじ》り、隙あらばパンツに潜りこんで無垢《むく》な陰茎を堪能し、その後一緒に眠るという予定がつまっている。

機嫌の悪い日は気の立った猫みたいになるから、あまり触らせてもらえないかもしれないが、乳首くらいは吸っておきたい。

柔らかい突起が徐々に硬くなっていくと、鴇守はくすぐったそうにぴくぴくと震えだす。身を捩《よじ》りながら漏らす、吐息のような甘い喘《あえ》ぎを聞くのが好きだった。

可愛い鴇守は夜刀のものだ。誰にも二人の邪魔はさせない。

夜刀は遁甲《とんこう》し、一瞬で星合の位置まで移動した。

そこは樹木の繁る鬱蒼《うっそう》とした森だった。戦うために、星合が鬼を誘いだしたのだろう。明かりはなくても、鬼の目はすべてを見る。

「ぐっ、う……っ」

鬼の足に蹴《け》られて星合が吹っ飛び、背中から木にぶち当たった。

青い肌に三つ目を持つ、大型の凶暴な鬼である。夜刀は星合がぶつかった木の枝に立って、首を傾《かし》げた。

このくらいの鬼は、六道《ろくどう》の辻《つじ》にいるのが普通だ。境界があるから、自力では人間界に出てこられないはずだが、誰かが招いたのかもしれない。

鬼を使役する鬼使い、鬼を退治する退魔師がいるように、鬼をこちらに招く力を持ったものがいてもおかしくない。

夜刀もかつて六道の辻にいたころ、誰ともわからない輩が、鬼を招喚《しょうかん》せんと唱える呪いの文句を耳にしたことがある。そのときは、力だけが強く知能の低い鬼が招きに応じ、境界の障壁を越えていった。

六道の辻と人間界は、人間が考え、期待しているほど隔絶してはいない。鬼は人間界の至るところに存在している。

「……っ」

起き上がった星合は、口に溜まった血をペッと吐きだした。

服はぼろぼろ、頭から足までそこかしこで出血が見られ、鬼はその匂いにいっそう興奮しているようだ。

どちらが勝とうが、負けて死のうが、夜刀に興味はなかった。鬼退治をする退魔師は嫌いだし、自分以外の鬼も嫌いだからだ。

鬼が勝つかと思われたのに、劣勢の退魔師はしぶとかった。懐から、なにやら強力な霊力を持っているクナイを取りだして、鬼に投げつけている。

一本、二本、三本。クナイは次々に鬼の胸元、肩、腹に突き刺さり、鬼はたまらず膝《ひざ》をついた。引き抜こうとしてクナイを摑んだ鬼の手が、ジュッと音を立てて焼けた。

星合がたたみかけるも、鬼も抵抗してお互いに致命傷が与えられない。

「片がつきそうなら待ってやってもよかったが、やっぱ、一時間じゃ無理っぽいな。言うことだけ言って、鴇守のところに帰ろう」

うん、そうしよう、と夜刀は自分で頷いた。

長年被りつづけていた殻を破り、自らが持つ本来の力を解放する。凝縮していたエネルギーが一気に弾けた。

四十センチの身体が膨れ上がり、二メートル近くまで伸びる。

子どもの八重歯みたいだった頭の角も、二十センチほど伸びた。細かった手足は、今や鋼《はがね》のような筋肉がついて逞《たくま》しい。

浅黒い肌に虎模様の下穿《したば》き一丁、腰には愛用の太刀《たち》。

この姿になるのは十六年ぶりだ。解放感が半端ない。

両手をにぎにぎして感触を確かめてから、夜刀は木の上から飛び下り、星合と鬼の中間地点に立った。

羽根みたいに軽やかに降りることもできるのに、ドシンと重量級の地響きをさせて降りたのは、星合への威嚇の初手である。

新たに現れた大鬼を、星合は険しい表情で見ていたが、やがてそれが昼間に会った小鬼だと気がついた。

「お前、矢背の……！」

と叫んだきり、愕然《がくぜん》として両目を見開いている。

様変わりした夜刀に驚きつつも、握ったクナイを構え、三つ目の鬼に対する警戒は怠っていない。鴇守に大口を叩いて説教するだけのことはあるらしい。

一方、三つ目の鬼は、完全に夜刀にビビって固まっていた。鬼は鬼同士、戦わずとも力の強弱が読める。

人間も鬼も、本来の夜刀を見て怖がらないものはいなかった。こういう反応を期待していたので、効果は上々であろう。

久々に味わう強者の優越感に、ふふんと得意になりかけた夜刀は、大きいがゆえに鴇守に泣き叫ばれた悲しい日々を思い出し、ちょっと落ちこんだ。

鴇守の「大鬼恐怖症」は重症である。

鴇守自身が成長すれば、少しはましになるかと期待していたが、いっこうに改善されず、四十センチの夜刀より大きい鬼を見たら、今でも怖気《おじけ》づいて腰が引けている。夜刀が毎年数センチずつ地道に大きくなっているのにも、戦々恐々《せんせんきょうきょう》としているようだ。

本当に、この姿を披露して、今までどおりに可愛がってもらえる日が来るのだろうか。鴇守が色気づいてきたころから、近いうちにカミングアウトしてやるぜ、と思いつづけ、有効な策が浮かばないまま、時間だけが過ぎてしまった。

幼かった鴇守も二十一歳になり、収穫を待つ瑞々しい桃のようだ。鴇守ならもっと熟してもうまいだろうが、若い肉体も味わいたい。

ぽとっ、と星合から流れた血の滴が地面に落ちる音で、夜刀は現実に引き戻された。欲求不満が過ぎて、隙あらば鴇守のことを考えてしまう。

夜刀は頭を振って雑念を払い、星合をびしっと指差した。

「そこの退魔師。お前に忠告に来た。俺の鴇守を叱《しか》るな。鴇守は鬼が見えるせいでずっと傷ついてきた。鬼使いにだって、なりたくなかった。だから、俺が守ってやらないといけないんだ。お前より俺のほうが強い。俺と鴇守の間を裂こうとするなら、俺はお前を……許さない。許さないっていうのは、まぁアレだ。アレするぞってこと。アレの意味、わかるな?」

平たく言えば、殺すという意味だが、殺すとか仕留めるとか息の根を止めるとか、死に直結する言葉を鴇守は嫌うので、夜刀も使わないようにしている。

星合なら意味がわかるだろう。わからなかったら、死ぬだけだ。

言葉を使わないだけで、実行を躊躇《ちゅうちょ》する夜刀ではない。鴇守は実行も嫌いだろうが、ばれなければそれでいいのだ。

鴇守との幸せで穏やかな日々を守るためなら、夜刀はなんでもする。

「わかったら返事をしろよ。あと、俺の本当の姿を鴇守にばらすのもナシな。もしチクったら、生まれてきたことを後悔するような方法でアレするから」

星合がなにかを言おうと息を吸いこんだとき、三つ目の鬼が動いた。

顔は恐怖で歪み、三つの目は血走り、涙さえ浮かべている。手も足もぶるぶる震わせながら、ひとっ飛びに向かった先は、夜刀だった。

「ああ?」

動きが見えていた夜刀は、腰の愛刀を抜き、躊躇なく一刀両断にした。

二つに分かれた身体から血しぶきがあがったが、あっという間に鬼の肉体は塵《ちり》になって消えてしまう。鬼が死んでも、死体は残らないのだ。

夜刀は顔をしかめた。

涙目だったし、自分の意思で襲いかかってきたとは思えなかった。誰かに命じられて、仕方なくやったような感じだ。

飼い主のいる鬼だったら、鬼が殺されて、飼い主は怒るかもしれない。

「おい、退魔師。さっきの鬼はお前がアレしたことにしておけよ。俺は関係ないからな」

夜刀は星合に責任転嫁することにした。

先に戦っていたのは星合だし、べつに問題はないだろう。

「……俺を殺さないのか?　さっきの鬼のように」

わざと避けている言葉をさらっと言われて、夜刀はいらっとした。顔が歪んで、長い牙《きば》が剝《む》きだしになる。

「無神経な退魔師め！　面倒だから、今ここでアレしてやってもいいが、人間は鬼みたいに塵になって消えないだろ。人間界じゃ誰がアレしたか、問題になるだろうが。それがニュースになったら鴇守が気にしちまう」

「食って証拠隠滅すればいい。鬼は人間の血肉が好きだろう」

挑発してくる星合に、夜刀は吠《ほ》えた。

「食わねぇよ！　鴇守がいやがるし、そんなもん食ったら、元気百倍で力が漲《みなぎ》っちまうだろ！　身体を小さくして弱く見せるのって、本当に大変なんだぞ」

「すべての鬼が、人間を食べるわけではないのか？」

「ほかの鬼のことなんか、知らねぇよ！」

「どうして、お前の鬼使いにまで本当の姿を隠す？」

「お前、そんなに殺されたいのか！」

あまりにも腹が立って、夜刀はうっかりマイルールを破って禁句を口にしてしまった。

誰も好きで隠していない。鴇守が怖がるから仕方がないのだ。

鴇守誕生からの五年間は、夜刀の黒歴史である。

家の外、窓越しにそっと見ているだけで大号泣され、それでも懸命に微笑《ほほえ》みかけたら、泣きすぎて呼吸困難で死にそうになっていた。赤いのか紫なのか、白いのか青いのか、よくわからなくなってしまった鴇守の顔色を、夜刀は今でもまざまざと思い出せる。

うかもしれない。
窓の外からでもこれほど激しく反応するのに、家のなかにまで入ったら、本当に死んでしま

鴇守を死なせないために、そして、鴇守のそばに置いてもらえるようになるには、自分を弱小化して見せる方法しかなかった。

何度も失敗して挫《くじ》けそうになった、つらい日々。

鴇守の顔を見て元気をもらおうと思い、窓から覗《のぞ》いたら、鴇守は悲鳴をあげて倒れ、熱を出した。

眠っている間だけは近づけるので、夜刀は鴇守の枕元に座り、汗の滲《にじ》む小さな額に指を当てて彼を苦しめる熱を吸い取ってやった。指先に移る、微《かす》かな温もり。

たったこれだけの熱で寝こんでしまうそのか弱さに、胸が痛んだ。

鴇守はなにも知らない。夜刀の苦労と献身を、いつか教えてやってもいい。

鴇守が本当の夜刀を受け入れてくれたら。

「……っ」

星合を少し痛い目に遭わせてやろうと一歩踏みだした夜刀は、鴇守が自分を呼ぶ声を耳にした。

使役鬼は分け与えた自分の血を媒体にして、鬼使いの声がいつでも聞き取れるし、離れていてもどこにいるか、なにをしているか、すぐにわかる。

鴇守はタオルを持ってきてくれと言っている。何枚か脱衣所の棚にしまってあるが、雨つづきで洗濯できないまま、ストックがなくなっていたのだろう。

身体が拭《ふ》けないということは、鴇守は全裸だ。急いで帰って、タオルを渡すときにチラ見しなければ。

「そんなわけだから、俺と鴇守のことは放っておけ。いいな！」

夜刀は早口で星合に叫び、即座に遁甲した。

鴇守の部屋に飛んで帰ったはいいが、身体が大きいままである。

「やべぇ！　すぐに戻らねぇと」

気合いを入れて小鬼の殻を被ろうとしても、慌てているせいか手も足も縮まない。もとの姿に戻るのはあんなに簡単だったのに、なにをどうすれば小さくなれるのか、すっかり方法を忘れてしまっていた。

「夜刀、いないの？　どのタオルでもいいから、早く」

「わ、わかっ……、わわ、わ、わかった！」

返事をしようとして、声が違うことに気がつき、高めの声を作った。

夜刀本来の声は低い、大人の男の声である。小型化した姿に低い声のままだとおかしいので、少々高めにしたのが仇《あだ》になった。

「……夜刀？　どうかした？」

異変を察知したのか、鴇守が脱衣所のドアを少し開けて顔を出そうとしたので、夜刀はドアに隠れるようにして、箪笥《たんす》から引っ張りだしたタオルを突きだした。

「な、なんでも、ない」

「……？　ありがとう」

怪しさ満点の夜刀の様子を気にしつつも、鴇守は先に身体を拭いて服を着ることにしたらしい。

夜刀はドアの前で再度小型化に挑んだ。

十六年前にもできたことだし、十六年間被りつづけた偽りの殻だ。すぐにできる。

すぐにできる。

すぐに。

「……できねぇ！」

夜刀は頭を掻《か》き毟《むし》った。

その手が角に当たって、思い出した。たしか、二本の角の根元に意識を集中させ、そこを起点にして巨大なエネルギーを包みこんで凝縮すれば、小さくなれたはずだ。

角を握り締め、夜刀は背中を丸めた。余計なことは考えてはいけない。今の姿を鴇守に見られるわけにはいかない。

鴇守には心の準備が必要だし、夜刀にも必要だ。

夜刀の身体が少しずつ縮み始める。

ドアの向こうでは、鴇守がパンツを穿いていた。

夜刀はまだ一メートルを切っていない。

鴇守がTシャツを着た。

夜刀はどうにか、八十センチといったところ。

鴇守がついにハーフパンツを穿き、タオルを首にかけて、ドアの取っ手に手をかけた。

夜刀はやっとこ、六十センチ。急速に縮めているので、苦しくて倒れそうだ。

ドアが開いた。あと二十センチが間に合わない。

「わっ！」

ドアの前でしゃがんでいる夜刀を見て、鴇守が驚きの声をあげた。

「と、鴇守……」

夜刀も呆然《ぼうぜん》と鴇守を見上げた。

集中力が途切れてしまって、これ以上小さくなるのは無理だった。二十センチの差は大きい。立っていたら一目で気づかれただろう。

しゃがんでいても、時間の問題である。

「こんなとこで、なにしてるんだ？　さっきは呼んでも全然来ないし。なんでそんなに息切れして……、はっ！」

鴇守が突然息を呑《の》んだ。信じられない顔をして、夜刀を睨んでいる。

万事休す。夜刀は頭を抱えた。

いきなり身長が五割増しになってしまった言い訳をしなければ、と思いはしても、鴇守が心穏やかに納得してくれる理由が見つからない。

「また風呂場を覗いてたんだな！　このエロ鬼！」

拳骨《げんこつ》とともに頭上に落ちてきた鴇守の的外れな雷に、夜刀はぽかんとした。

「……え、の、覗いてない……」

「嘘ついたって、俺にはわかるぞ！　うしろめたそうなお前の顔を見たら、ピンときた！」

「いや、ピンときてない。全然、ピンときてないぞ」

「この手の俺の直感はよく当たるんだ。今夜は罰としてベッドには入れないから」

「えー！　よく当たるって、大外れだろ、その直感は。俺は潔白だから、鴇守と一緒に寝る。今日は本当に覗いてないし」

「今日はってなんだよ！　いつも覗いてるってことか、お前ってやつは本当にもう……。とにかく駄目。昼間のこともあるし、今夜は一人で反省しなさい」

潔白を証明したかったのに、藪蛇《やぶへび》になってしまった。潔白でない日のほうが多いから、仕方がないといえば仕方がない。

鴇守はつんと顎を上げ、夜刀を見もせずにベッドに入った。

夜刀の顔を見るのもいやだ、というわけではなく、夜刀が哀れっぽく懇願したら、初志貫徹する自信がないのだろう。

可愛くて優しい鴇守。

強引に潜りこみたいところだが、夜刀も我慢することにした。とりあえず、自分の身体を小さくしないといけない。

「わかった。ごめん」

夜刀はしょぼんと背中を丸めて反省した様子を見せながら、部屋の隅にクッションとバスタオルで仮の寝床を作った。

バスタオルを全身にすっぽり被って、もう一度最初から集中すると、身体が再び縮み始めた。骨が軋み、肉が悲鳴をあげ、頭が割れそうに痛む。

結局、十五センチマイナスしたところで窮屈さに耐えかね、変化を止めてしまった。息切れが激しく、脂汗で全身がべっとりしている。

「……退魔師め！」

夜刀は小声で罵った。

あの退魔師がこの苦難のすべての発端である。次に会ったら、ひどい目に遭わせてやると心に誓い、夜刀も眠りについた。

6

鴇守と夜刀が本家当主から呼びだしを受けたのは、星合と出会った日の二日後だった。

前日の夜にわざわざ勝元が鴇守のマンションまでやってきて、大学は休んで本家に出向くようにと言われた。

どんな用件か訊いてみたが、勝元にはわからないという。明日の朝、迎えに来ますと言って、勝元は帰った。

当主から呼びだしを受けるなんて初めてのことで、鴇守はそわそわした。なぜかわからないけれど、あまりいいことではない気がする。

「なんだろう、怖い……。俺たち、仕事でなんかヘマしたっけ？」

鴇守は夜刀を膝に抱っこして、不安を口にした。

「俺がヘマなんかするかよ。大丈夫だって。なにかあったら俺が守ってやるから、どんと構えておけ」

夜刀の大言壮語にも、今回ばかりは笑って和めなかった。

「相手はご当主さまなんだから、こないだ会った星合とかいう退魔師の人にしたみたいに、偉そうなことを言って突っかかっていくのは絶対に駄目だぞ。わかった？」

「へいへい」

生意気な返事をする夜刀の頭を、鴇守はペチンと叩いた。

あれから、星合の姿は見かけていない。夜刀が気配を探っても、鴇守たちの近くには感じられなかったそうなので、こそっと見張られているのでもないようだった。

もしかすると、夜刀の勝手な行動と、それを知らずに止められなかった鴇守の不甲斐《ふがい》なさを、彼が本家に言いつけたのだろうか。仲の悪い退魔師からの密告に、本家も動かざるを得なかったのか。

ありえないことではないが、なんだかしっくりこなかった。

苛めの仕返しに使役鬼が独断でチケットを盗んで捨てた、というのは、咎《とが》められるべき行為であっても、多忙な当主がわざわざ鴇守を呼びつけるほどの事件ではないように思う。

不安で夜もよく眠れないまま朝を迎え、とりあえず、夏至会で着たスーツを着こんだ。叱責《しっせき》を受けるのであれば、晴れ着として作ったスーツはどうかと思うが、用件がわからない以上は、きちんとした格好をしておいたほうがいいと考えたからだ。

示し合わせていた時間より少し前に来た勝元の車に乗って、本家に向かう。

おはようございます、と挨拶《あいさつ》したきり、勝元の口数は少ない。

鴇守は八歳のときに、本家を訪《おとな》ったときのことを思い出した。鬼使いと使役鬼の契約儀式を京都ですませてきた二週間後に、それを当主に報告しに行ったのだ。

当時、小学三年生になったばかりの鴇守は、勝元が用意するように指示し、両親が誂《あつら》えてくれた紋つきの羽織袴《はかま》を着て、夜刀を肩に乗せていた。

儀式のときより、当主に会うほうが緊張した。

十年ぶりに誕生した一族待望の鬼使いだったにもかかわらず、鬼を怖がり、十センチの小鬼しか使役できない弱さと未熟さを、自分でもよくわかっていたからだ。

鬼使いの数は減少しているのに、矢背家への依頼は増える一方だという。大きな仕事をこなせる鬼使いと使役鬼が必要なのに、鴇守と夜刀ではなんの役にも立たない。

当主は失望している。だからこそ、通常は同席すると言われている契約儀式にも、仕事だと言って来なかったのだろう。

子どもでも、そのくらいの事情は察せられた。

実際に対面した当主について、鴇守が覚えていることは少ない。

三十分ほど対談の時間が設けられていたそうだが、質問されることは一度もなく、今後は矢背家に誠心誠意尽くし、使役鬼を大事にするように、というような話を一方的にされ、十五分もかからずに終わった。

失望というより、無関心に近い。矢背家の鬼使い史上、おそらくもっとも臆病な鴇守に、頑張れ、努力しろ、期待しているなどと熱く発破をかけられても、動揺して泣くしかなかったと思われるから、それはそれでよかったと、のちのち思った。

当主に二度目に会ったのは七年後、夏至会に初出席したときだ。今年の夏至会まで、個人的に声をかけられたことは一度もない。

考えても考えても、呼びだされる理由が思い浮かばない。

後部座席から運転席の勝元を横目で窺うと、心なしか顔色が悪かった。真っ直《ます》ぐ前を向いて、鴇守と夜刀を見ないようにしている。

「勝元。お前、本当は知ってるんだろ。俺たちが呼ばれた理由」

鴇守の気持ちを代弁するように夜刀が唐突に話したので、鴇守はびくっとなった。

勝元も一瞬、ぴくりと肩を動かしたが、即座に平静を装った。

「……存じ上げません。たとえ知っていても、口外はできません」

「真面目なこった。まぁ、いい。前から思ってたけど、お前はけっこうビビりだよな」

「こら、夜刀」

鴇守は夜刀をたしなめた。

勝元に対して、夜刀は最初からとても偉そうにふるまい、上から目線で言葉遣いも乱暴だった。小物扱いしているのがよくわかって、鴇守のほうがいたたまれなくなる。

「かまいませんよ、鴇守さん。夜刀さんのおっしゃるとおり、私は臆病なのです。鬼が見えても、鬼使いではありませんから」

「……」

返事に窮して、鴇守は俯《うつむ》いた。

勝元が鬼使いでない自分を卑下するのを、初めて聞いた。普段、鉄壁で隠している彼の心の深淵を覗いた気分だ。

同じ矢背一族でありながら、鬼使いの子どもと、そうでない普通の子どもが生まれる。祖から受け継がれる鬼の血の濃さは、千年も経てば相当薄まり、本家もどこの分家もさほど差はないと思われる。

なにが違いを分けるのか。二ヶ月長い妊娠期間はなにを意味するのか。実際のところ、よくわかっていない。

ただ、普通に生まれたものは鬼を使役することはできず、鬼使いに生まれたもののみがそれを可能にする。その厳然とした事実があるのみだ。

逆に、鬼はどのようにして鬼使いかそうでないかを判別しているか、使役鬼に訊いてみても、明確な答えは返らないという。

鴇守も夜刀に、どうやって俺を見つけたのか、なぜ俺の鬼になりたいと思ったのか、と訊《たず》ねたことがある。

夜刀は素晴らしい笑顔でこう言った。

『俺は鴇守が大好きだ！』

まったく嚙《か》み合っていない。

何度問いかけても、質問の言葉を毎回変えても、答えはこれひとつである。

無駄だと悟って、鴇守は訊くのをやめた。理由がわからなくても、鴇守を大好きでいてくれるなら、それでいい。

夜刀の答えは真実だと、信じられる。夜刀は鴇守を裏切らない。きっと鴇守が死ぬまでそばにいてくれるだろう。

誰もしゃべらず、呼吸の音が大きく聞こえるほど気詰まりな空気が支配するなか、車は一時間以上走り、現屋敷に到着した。

勝元に伴われ、夏至会のときとは違う建物に入ると、スーツを着た女性が出迎えてくれ、一階の一室へと案内してくれた。

鴇守たちが先に入り、当主のお出ましを待つのかと思いきや、部屋にはすでに当主が待っていた。椅子はあるのに立っている。

「お待たせして申し訳ございません。鴇守さまと夜刀さまをお連れいたしました」

勝元が真っ先に頭を下げて報告した。

鴇守も慌ててそれに倣《なら》う。

「ご当主さま、分家の鴇守と使役鬼の夜刀がまいりました」

「挨拶はよい。顔を上げなさい」

鴇守は俯いたまま勝元のほうをちらっと見てから、ゆっくり頭を上げた。

矢背家、第三十一代当主、矢背正規。

三十年前、二十五歳という若さで当主を継いだ。鴇守が生まれるずっと前から、一族のすべてを背負ってきた人物である。

黒っぽいスーツを着ていて、白髪混じりの髪はきちんと整えられている。苦労が多いのか、実年齢の五十五歳より老けて見えた。

背は鴇守より少し高いくらいで、鍛えられてがっしりとした体躯《たいく》が逞しい。

正規は眼光鋭く鴇守を見つめている。

「十三年前、契約儀式の報告に来たお前たちを、私はよく覚えている。弱々しい子どもと小さな鬼だった。これは役に立ちそうにない、そう思った。六年前から夏至会で見るようになったが、印象は変わらなかった」

「……はい」

とりあえず、鴇守は頷いた。

当主の言うとおりで、腹も立たない。しかも、役に立たないことを喜んでいるのだから、一門のすべてを背負う当主に対して、むしろ申し訳ないくらいだった。

「お前の小鬼は年々大きくなっているとはいえ、まだまだ小さい。勝元から上がってくる報告書でも、鬼にしてはよくしゃべるということ以外、取り立てて注目すべき点はなかった。鴇守、お前に訊きたい。お前の使役鬼の指は何本ある？」

「指……ですか？　五本です」

意表を突く問いに鴇守が戸惑いながら答えたとき、鴇守の腕にしがみついていた夜刀が、チッと舌打ちした。

「勝元の目には三本に見えている。そして、私の目にも」

「えっ」

鴇守はうろたえて夜刀の手を確認した。

なにをどう見ても五本ある。身体は四倍ほどの大きさになったが、指の数は出会ったときから変わっていない。

鬼の大多数が三本指だというのは、鴇守も知っていた。

ごく稀《まれ》に五本指の鬼がいて、そういう鬼は極めて人間の容姿に近く、三本指の鬼が持っていないとされる知恵と慈悲があり、能力も並外れて高い。

祖の母、芙蓉も五本指の雌鬼だったという。

五本指の鬼を使役鬼にすることができれば、鬼使いのためによく働いてくれるが、知恵がまわるぶん扱いが難しく、鬼使いの資質が試される。

現在の矢背家で五本指を使役しているのは、当主を含め、トップの数名のみであると教えてくれたのは勝元だった。

そのとき、勝元は夜刀の指について言及しなかった。

鴇守もなにも言わなかった。

夜刀は人間そっくりで、指も五本ある。なのに、とても小さくて弱い。教えられた通説と違うのはなぜだろう、と疑問に思いはしたが、それを口にするのは憚《はばか》られた。

夜刀だって、好きこのんで小さく弱い鬼に生まれたわけではないと考えたからだ。

小鬼の身体に、分不相応に指が五本あったからといって、夜刀にも鴇守にも不都合はない。鴇守としても、五本指のほうがいいと言えばいい。

八歳の契約時には、夜刀を連れてほかの鬼使いたちにも会ったし、当主にも夜刀と一緒に挨拶をした。夜刀は鴇守にしがみついて、ほとんどしゃべらなかったが、手を隠していたわけではないから、指は見えたはずだ。

見たにもかかわらず、誰もなにも言わないのであれば、気にすることではないのだろうと思い、そのうち忘れてしまっていた。

まさか、当主にも三本指に見えているなんて、考えもしなかった。

「鴇守、どういうことだと思う?」

「わ、わかりません……。夜刀は本当は三本指で、俺にだけ五本指のように見せかけていたんでしょうか」

精一杯の推測を述べたものの、それは正解にはほど遠かったらしい。

正規は話にならないと言わんばかりに首を横に振り、傍らの夜刀に視線を移した。

「お前がなにも知らなかったのなら、使役鬼が独断でやったことになる。当主の名において命じる。鴇守の鬼よ、本来の姿を現せ」

「……！」

正規の断固とした命令が夜刀になされ、鴇守は夜刀を見下ろした。

夜刀は鴇守の腕にしがみついたまま、あさっての方角を向いている。当主の命令を無視する構えだ。

「夜刀、なんのこと？　どうなってるんだ？」

「あのな、鴇守……」

困った顔をした夜刀がなにかを言いかけたとき、正規が叫んだ。

「あかつき、やれ！」

正規の後ろの、なにもない空間から紅く大きなものが突如として出現し、突風となって鴇守に襲いかかってきた。

悲鳴をあげる間もない。

正規が呼んだ鬼が片手を振り上げ、その鋭い五本の爪で鴇守を引き裂こうとしている。

鴇守は逃げようとして足をもつれさせ、床に倒れこんだ。鬼はすぐそこだ。恐怖で身体が竦《すく》み、目を閉じて丸くなる。

頭上でバシッとなにかが激しくぶつかり合う音がした。

「……？」

覚悟していた痛みは訪れず、こわごわ薄目を開けて見上げてみると、鴇守の前に立ちふさがっている黒髪の大鬼が、鴇守を襲おうとしていた大鬼の腕を摑んで捻《ひね》り上げていた。

どちらの鬼も二メートル近い大きさがあり、腰まわりを布で覆っているだけで、あとは裸だ。肉体の作りも肌の色も、人間そのものに見える。

けれども、頭に生えた二本の角、剝きだして威嚇している長い牙、鉄をもたやすく抉《えぐ》りそうな鋭い爪は、人間には持ち得ないものだ。

あかつきという名の鬼が、正規の使役鬼なのだろう。

紅いと思ったのは長い髪で、腰あたりまで伸びている。人間で言うなら三十代くらいの、顔立ちの整った美しい鬼である。

黒髪の鬼はこちらに背を向けていて顔は見えないけれど、穿いている虎柄のパンツには、見覚えがありすぎるほどあった。

「や、と……？」

微かな鴇守の声を掻き消すように、よく似てはいるものの、夜刀よりはかなり低い声が威勢のいい啖呵《たんか》を切った。

「鴇守になにしやがる！　当主だかなんだか知らねぇが、調子に乗るんじゃねぇ！」

ドゴッと響いたのは、黒髪の鬼が膝であかつきの腹に強烈な蹴りを入れた音だった。

一度ですむはずもなく、肉体がぶつかる重い音が何度も空気を震わせる。

腕を摑まれているあかつきは逃げられず、なんとか抵抗しようともがいていたが、その顔には怯えが滲んでいた。

鬼が恐怖する顔を、鴇守は初めて見た。

「退け、あかつき！」

正規が命じた途端に、紅髪の鬼はしゅっと煙のように消えてなくなった。

残った黒髪の鬼が、摑むものをなくした腕を振り、忌々《いまいま》しそうに舌打ちをした。

「チッ、逃げ足の速いやつだ。俺の鴇守に手を出そうなんざ、百万年早いぜ」

「……夜刀？　夜刀なのか？」

違っていてほしいという願いのこもった鴇守の呼びかけに、黒髪の鬼はびくっとなった。左手で首の後ろを掻きながら、気が進まない様子で鴇守を振り返る。

最初に目を奪われたのは、金色に輝く瞳。瞳孔の形が人間とは違う。

夜刀だった。

全長四十数センチから百九十センチほどに巨大化しており、子どもらしさの残っていた顔つきが、二十代半ばくらいの男の顔になっている。

かなり成長しているけれど、夜刀に間違いない。

「なんで……、なんで？」

鴇守は床に尻餅をついたまま、呆然と呟いた。

夜刀の成長は一年に五センチ程度、鴇守と同じ身長になるにはあと二十年以上かかるはずなのに、なぜいきなりこんなに大きくなっているのだ。

それに、この夜刀は強い。

鬼使いは鬼を扱う資質、力量といったものが、自分自身でわかっている。さらに、体内にセンサーでも仕込んであるかのように、鬼の強さの序列も判別できた。

この鬼は自分でも扱えそうだな、とか、あの鬼は自分の手には余る、などと双方の力を見極めながら、使役鬼を選ぶのだ。

小鬼の夜刀は最下位から少し上くらいで、非力な鴇守にぴったりだったが、この鬼は間違いなく鬼の種族の頂点に立っている。

手に負えないどころではない。夜刀の持つ力が大きすぎて、全身が震えるほどに怖い。

なぜ、それが今までわからなかったのだろう。

ぬいぐるみみたいに可愛い夜刀なんて、どこにもいなかった。

「それがお前の鬼の本当の姿なのだ。私のあかつきでさえ、敵《かな》わない。鴇守、なぜお前がこの鬼を使役している？　小鬼に見せかける目眩《めくら》ましまでかけて。私の目をも欺く強さを持った鬼を、お前が使いこなせるとは思えないのだが」

「……」

当主の問いに、鴇守が答えることはできなかった。

なにが起こっているのか、現実に頭がついていかない。冷静になって考えたところで、わかるとも思えなかった。

鴇守は夜刀をずっと、弱い小鬼だと信じていたのだから。

「鴇守を苛めんな！」

重苦しい空気のなかに、夜刀が割って入った。

「おい、矢背の当主。勘違いすんなよ。鴇守はなにも知らねぇ。俺が鴇守を望んだ。鴇守の鬼になって、ずっと一緒にいると俺が決めた。この、デカいナリのままだと鴇守が怖がって泣くから、ちょっぴりコンパクトにまとめただけだ。ガタガタ騒ぐほどのことじゃない」

夜刀は手のひらを上にして両腕を横に広げ、肩を竦めた。やれやれ、そんなこともわからないのか、と言わんばかりの小馬鹿にした仕草である。

当主は挑発には乗らず、冷静に言い返した。

「指の数まで変えて見せてか」

「小鬼に相応《ふさわ》しい数だろ？　お前ら本家はちょっとでも変わったことがあると、しゃしゃり出てくる。今みたいに。本家に騒がれたら、俺の可愛い鴇守はパニックを起こしちまう。お前らと違って、繊細なんだ。俺が鴇守を守ってやらねぇと」

「矢背家のことをよく知っているな。鬼同士が話すのか」

「ほかの鬼のことは知らねぇ。だが、俺は鴇守が生まれる前から、お前らのことを知ってた。それだけだ。鴇守が生まれなかったら、関わる気はなかったがな」

「どうしても鴇守がいいと?」

「鴇守以外に興味はねぇよ。ちょうどいいから、当主のお前に言っとくぜ。鴇守が大学を卒業したら、家族とも離れて俺と二人で仲よく暮らす。今までどおりの仕事はしてやるから、俺たちの邪魔をするな」

「そういうわけにはいかない」

「ああ?」

夜刀がすごんでみせたが、怯む正規ではなかった。

「鴇守、立ちなさい」

「は、はい」

腰が抜けたようになっていた鴇守は、震える手足に力を入れて立ち上がった。

夜刀がそっと差し伸べてくれた手を、取る気にはなれなかった。長い爪は出ていなかったが、怖かった。あんなに大きな手は夜刀の手じゃない。

「矢背家のしきたりはお前も知っていよう。一番強い鬼を使役するものが、矢背家の当主を継ぐ。現役の使役鬼のなかで、お前の鬼が最強だというのは疑いようがない。私ももう年だ。私が引退したのち、お前が当主となれ」

「……はい？」

「大学は行かずともよい。次期当主として、お前は矢背一族のすべてを学ばなければならない。才能ある鬼使いは幼児のときから英才教育が始まっている。お前はすでに時間を無駄にしているのだ。今後は本家で暮らし、千年の歴史を継承するために励め。お前の準備が整い次第、正式な発表を行う」

鴇守は真っ青になった。

「ま、待ってください！　無理です！　お言葉ですが、俺に当主など務まりません！」

「務まるか、務まらないかではない。是が非でも務めなければならない。お前が拒否することは許されない。鬼使いに生まれたお前の生涯は、矢背一族の繁栄のためにある」

「いいえ、いいえ！　本当に、無理なんです。困ります。矢背一族の繁栄なんて、そんな大きなもの、俺に背負いきれるものではありません。正直に申し上げて、俺は鬼が怖いです。夜刀は小鬼だから契約できたんです。生来臆病で、血腥《ちなまぐさ》いことが嫌いで、なぜ自分が鬼使いに生まれたのか、悩み苦しんできました。俺にはなにもできません！　できないんです……！」

顔面蒼白で今にも卒倒しそうになりながら、必死に訴える鴇守を見て、正規はため息をついた。

「お前の鬼が強さを偽っていることを知らなかったのなら、混乱するのはもっともだ。だが、こうなった以上は現実に向き合い、己が道を見定めるしかあるまい」

「できません。俺はそんな……っ」

「少し時間を与えよう。よく考えてみなさい。また使いのものを向かわせる」

考える時間など必要ない。一生考えたって、無理なものは無理だ。

そう言いたかったけれど、すでに部屋を出ていこうとしている当主の背中は、これ以上の問答を拒否していて、鴇守は黙って見送るしかなかった。

7

鴇守《ときもり》は途方に暮れて、部屋の隅で蹲《うずくま》っていた。

一人暮らしには広いほうだと思っていた部屋がやけに狭く感じられ、息苦しささえ覚えてしまう。

原因である鬼が、部屋のなかをうろちょろしている。

鴇守に相手をしてもらいたいのだが、鴇守から出ている拒絶のオーラに阻《はば》まれて近づけないのだ。

本家を辞して帰宅してから、ほぼ丸一日、鴇守はこうしていた。眠る気にも、食事をする気にもなれず、水だけを飲んで、現実から逃げつづけている。

混乱していた頭がぼうっとしてきて思考力が低下し、昨日の出来事は夢だったのではないかと淡い希望が湧《わ》いてくるが、聞き慣れない低い男の声によってすぐに消し去られた。

「鴇守。ごめん。隠してて悪かった。頼むから、なんか食ってくれ。倒れちまう」

鴇守は返事はおろか、顔を上げることもしなかった。

こんなに大きくて強い夜刀《やと》は、鴇守の夜刀ではない。十六年も嘘《うそ》をついて鴇守を騙《だま》し、勝元《かつもと》や当主までも欺いていたなんて、ひどい裏切りである。

裏切られれば、悲しいものだし悔しいものだ。腹も立つ。

しかし、鴇守の感情の大部分を占めているのは、恐怖だった。夜刀はまるで噴火するマグマのようで、近づくのも怖い。

加えて、正規《まさのり》の使役鬼、あかつきの腕を摑《つか》み、無造作に蹴《け》り上げていた姿と、あかつきの怯《おび》えた表情が目に焼きついている。

夜刀はあかつきの攻撃から、鴇守を守ってくれた。蹴りつけたのも、鴇守を傷つけようとしたあかつきに怒ってしたことだし、当主があかつきをけしかけなければ、夜刀が自ら攻撃を加えることはなかっただろう。

わかってはいるが、あまりにも強すぎる力は恐怖しか呼ばない。

あかつきの前に立ちふさがって助けてくれたのはありがたかったけれど、そもそも襲われる原因を作ったのは夜刀だと思えば、礼を言う気も失《う》せた。

本家から帰る車に乗りこむ前、大きな鬼は怖いから小鬼に戻ってくれと、鴇守は震える声で夜刀に頼んだのに、夜刀は聞いてくれなかった。

仕方なく、鴇守は夜刀と並んで後部座席に収まったものの、極力夜刀に触れないよう、ドアにへばりついていた。

そんな鴇守に、夜刀はしょんぼりしたり、謝ったり、懸命に話しかけてきた。鴇守と夜刀の関係は今までとまったく変わらない、というのが夜刀の主張である。

納得できるわけがなかった。

だって、昨日まで、鴇守は夜刀を膝《ひざ》に乗せて抱っこしていたのだ。

小さくて力も弱くて、最弱の鬼使いの鴇守にお似合いの小鬼だったのに、それがいきなりこんなに巨大で、近づくだけで燃やされてしまいそうな強大な力を有している鬼になって、なにも変わらないはずがない。

だいたい、百九十センチもある大鬼を、人間界で見かけることはほとんどなかった。

今の夜刀は、鴇守がうんと小さいころに、家の窓の外に張りついてずっと鴇守を見ていた、長い角を持った恐ろしい大鬼を思いださせた。

外に出たらストーカーのようにつきまとわれ、視界に入らない日はなく、いつかあの鬼に食われるのだと怯え、泣き叫んでいた日々を。

鬼の姿を見かけなくなったときは嬉《うれ》しかった。ちょうど小鬼の夜刀が現れたのと同時期で、まるで、夜刀と入れ替わったみたいに……。

「……あっ！」

鴇守は小さく叫んだ。

「ど、どうした」

うろちょろしていた夜刀が二メートルほど向こうで立ち止まり、足踏みしながらおろおろと訊《き》いた。

マンションに帰るなり、接近禁止令を出し、その距離を一歩でも縮めてきたら一生許さないと言ってあるので、それ以上近づけないのである。

鴇守の言いつけをちゃんと守っていることに胸をざわつかせながら、夜刀の膝から下に視線を向けて、ぼそぼそと話す。

「あれはお前だったんだな」

「あれ?」

「昔、うちの窓の外に張りついて、俺を泣かせてた大鬼のこと。お前は俺が五歳のときに、初めて来たわけじゃなかったんだ。いつからか知らないけど、その姿でずっと俺を見てた。そうだろ?」

立っていた夜刀がしゃがみ、胡坐《あぐら》を掻《か》いて座ったのが、俯《うつむ》いている鴇守の視界に映った。

「うん。十年ぶりに鬼使いが生まれたって聞いて、覗《のぞ》きに行った。お前は母親と一緒に退院して家に帰って来たばっかりで、真っ白の布団に寝かされてた。すげぇ可愛《かわい》かった。じいさんたちがいろいろしゃべってたけど、お前は眠ってた。でも、俺が鴇守って呼んだら、目を覚ましたんだぜ。俺の声が聞こえたんだな。目が合って、俺はお前から目が離せなくなった。あのときから、俺はお前に夢中なんだよ、鴇守」

「そんなころから……」

そう呟《つぶや》いて、鴇守は絶句した。

産院から帰ってきたばかりということは、生後数日であろう。ほぼ生まれたときから、夜刀は鴇守のそばにいたのだ。

新生児の視力はほとんどなく視点も合わないものだが、鬼使いの赤ん坊は両親の顔もわからないうちに、鬼の姿だけはすぐに見わけることができるという。鬼の声もよく聞き取るというから、夜刀の呼びかけに鴇守が反応したのは偶然ではないだろう。

ああ、本当に俺は鬼使いなんだなと、なぜかはわからないが、当たり前のことが今さらながら身に沁《し》みた。

無言を貫いていた鴇守が話しかけてくれて嬉しかったのか、夜刀は幼すぎて鴇守の記憶には残っていない時代について語り始めた。

「お前が俺を怖がってるのはわかってた。まだ、言葉もしゃべれない赤ん坊なのに、俺を見るたびに、ものすごい顔して泣いたから。俺もなんとかしたくて、はじめのうちは家族がいないときにこっそり上がりこんで、べろべろばぁってやったり……」

「う、うちのなかに入ってたのか！」

鴇守は途中で遮って突っこんだ。

反射的に夜刀の顔を見上げてしまい、慌てて俯く。全身の毛が逆立っていた。

鬼は家の外にいるもので、家のなかは安全だと根拠もなく信じていた幼い自分の無防備さが、今になって怖くなってくる。

夜刀は鴇守がなにを驚いているのか、まったくわからないという口ぶりで、いけしゃあしゃあと肯定した。

「そりゃ、入るだろ。俺には壁とか鍵とか関係ないし、俺の姿が見えるのはお前しかいなかったしな。で、なんとか俺に懐かせようと、家族がそばにいない隙に抱き上げてな、こう、高い高ーいってしてやったら、お前は号泣を通り越して呼吸困難になってよ。泣き声で飛んできた母親がうろたえて、救急車を呼んだりしたもんだ。俺がなにをしてもそんなふうになっちまうから、お前がハイハイするころには家には入らないようにしてた。お前を苦しめたくなかったから」

「恩着せがましい言い方するなよ。苦しめたくないなら、もっと早くに俺から離れてくれればよかったんだ。俺はお前が怖くて泣いてたんだぞ。それに、家に入らないだけで、毎日窓から覗いてたくせに」

「見るくらい、いいじゃねぇか。ケチくせぇな」

「ケ、ケチくさいだって?」

あまりな言い方に鴇守はまた反射的に顔を上げ、夜刀を睨《にら》みつけようとしたが、三秒ほどでギブアップして視線を逸《そ》らせた。

夜刀は真《ま》っ直《す》ぐに鴇守を見つめていて、睨むためであっても、目と目を合わせることができない。

「俺はお前を怖がらせたかもしれないが、ほかの鬼が家に入ろうとするのを阻止したり、お前にちょっかいをかけようとする鬼たちを追い払ったりもしてたんだぜ。俺がいなかったら、お前みたいに可愛い鬼使いは、鬼どもによってたかって滅茶苦茶にされてる」

「そんなわけあるか。だって、今までお前以外の鬼に話しかけられたことないし」

「俺がガードしてるからだ。よその鬼がお前に近づいたり、話しかけたりとか、俺は絶対に許さねぇ。二十四時間、朝も夜もずっと俺が守ってるから、お前は安全でいられる」

「……」

鴇守は生まれてこのかた、数えきれないほどの鬼に遭遇してきた。

もの言いたげにじっと見つめられることは多々あれど、手が届くような距離まで来て話しかけてくる鬼はおらず、鬼とはそういうものだと思っていたが、それも根拠のない思いこみだったのか。

「こう見えて、俺はものすごく役に立つ鬼なんだ。うん、とてつもなく強く、鉄壁のセキュリティを誇り、比類なきまでに有能な鬼とは俺のことだ」

呆然《ぼうぜん》としながら夜刀の自画自賛を聞いていた鴇守は、ふと疑問に思って訊いた。

「そりゃ、今のお前は強いだろうけど、小鬼のお前は弱かった。俺にちょっかいをかける鬼がどれだけいたのか知らないけど、小さいお前がどうやってほかの鬼たちを追い払えたんだ？　もしかして、俺のいないところで、たびたび今の姿に戻ってたのか？」

「いいや。戻ったことは一度もない。俺は小鬼の殻を被《かぶ》ってただけで、実際に弱くなったわけじゃねぇ。やろうと思えば、小鬼の姿でも本来の力は使える。お前の前じゃ、力は使えないから、どうしても隠れてこそこそすることになっちまって、よその鬼の接近を許したこともあったが、本当に不本意だった。これからはもう容赦しない。お前の鬼は俺だけだ」

「じゃあ、小鬼の姿に戻れよ。同じ力が使えるなら、大きくても小さくても一緒だろ。四十センチでなくても、俺が膝に抱っこできるくらいの大きさでいいから」

鴇守は未練がましく言った。とにかく、夜刀は大きすぎる。せめて姿だけでももとに戻ってくれたら、少しは歩み寄れるかもしれない。

「なぁ、鴇守。今さらナリだけ小さくなったって、もう遅いだろ」

駄々を捏《こ》ねる子どもに言い聞かせるように、夜刀は静かに告げた。

小手先の逃避をしたところで、現実は変わらない。太陽のように照りつけて、逃げる場所も見当たらない、全身が震えそうになるほどの夜刀本来の力を、見て見ぬふりで片づけるなんてできないことを。

「俺はもともと、こうなんだ。お前が俺を見てあんまり泣くから、どうやったらお前を怖がらせないですむか考えに考え抜いて、小鬼の殻を被ることを思いついた。肉体的にも能力的にも弱小化するのは思った以上に大変で、なかなかうまくいかなくてよ、お前が五歳のときにやっと成功した。俺がお前の枕元で座ってたときのこと、覚えてるか？」

「……」

鴇守は黙って頷《うなず》いた。

「あの日初めて、俺を見ても泣かなかった。お前は俺と普通にしゃべって、俺の名前を呼んで笑いかけてくれた。踊りだしたいほど嬉しかったなぁ」

しみじみと話す夜刀の声は、喜びに満ち溢《あふ》れている。

鬼が入ってこられない聖域であるはずの家のなかの、それも自分の枕元に小鬼が座っていることに気づいたときは驚いたが、怖くはなかった。あのときの夜刀は五歳の鴇守の手でも簡単に摑めるくらい小さくて、笑った顔には愛嬌《あいきょう》があり、なによりおしゃべりだった。

夜刀に出会えて、鴇守も嬉しかった。

夜刀だけが鴇守の話を真剣に聞いてくれ、鬼に怯えて泣いても叱《しか》らず、慰めてくれる。誰よりも鴇守を理解してくれる親友で、絶対に鴇守の味方でありつづけ、つねにそばに寄り添い守ってくれる守護者でもある。

そして、人間は食べないと約束した指きりげんまん。あれはこの大きさに戻っても、有効なのだろうか。

そもそも、これだけ強いということは、夜刀は鴇守と会う前には人間を食べていたのではないだろうか。

鴇守は奥歯を嚙《か》み、両手をぎゅっと握った。

とてもじゃないが、確認などできない。鴇守にとって望ましくない答えが返ってくるのはわかりきっている。

鴇守と何度もキスをしたあの唇で人間を……、そう考えると吐きそうになるから、意識的に考えないようにした。

自分たちの関係はなにも変わらない、と夜刀は言ったけれど、それは違う。夜刀の変化に伴って、鴇守の気持ちが変わるのは必然的だ。

「……なんで、俺だったんだよ。俺はお前みたいに強い鬼に仕えられるような鬼使いじゃない。お前だって、わかってるだろう？」

なぜ主《あるじ》として、鴇守を選んだのか、理由が知りたかった。以前にも訊《たず》ねたことはあったが、納得のいく答えではなく、気になっていたのだ。

見てはいなくても、夜刀が首を傾《かし》げたのがなんとなくわかった。

「鴇守が好きだからだ。どうして好きかと訊かれたら、よくわからん。俺はけっこう長く生きてるけど、鬼使いを見に行ったのはお前が初めてだった。鬼使いにも使役鬼にも興味がなかったからな。なのに、お前が生まれたって話を耳にしたとき、迷いもせずに、見に行くことを決めてた。引き寄せられるようにお前の家に行って、お前を見たら、離れるなんて考えられなくなった。お前の鬼になって、お前を守ってやりたいって思ったんだ。鬼使いとしての能力は関係ないと思う。とにかく、俺はお前が好きだ」

以前と同じ、感覚的な話しか出てこない。鬼に理由を求め、整然と説明させるのは、無駄なのかもしれない。

鬼は好悪が激しく、感情の赴くままに行動する性質を持っている。欲望に忠実で、我慢がきかず、欲求が満たされるまで諦《あきら》めない。

自制が働くのは、主を持っている使役鬼くらいだ。

では、夜刀の望みはなんだろう、と鴇守は思った。

誰かが失《な》くしたものを捜したり、人を迷子にさせたり、書類を抜き取ったりするような小さな仕事をこなしながら、家族に干渉されない場所へ引っ越して二人きりで平和に暮らしたい、というのが一昨日までの二人の夢だった。

よくよく考えれば、そうしたいと言いだしたのは鴇守で、夜刀は賛同したに過ぎない。鴇守が違う将来を夢見るようになったら、それに賛同するだろう。

「……っ」

ふと気配を感じて、鴇守が顔を上げると、四つん這《ば》いになった夜刀が、そろそろと鴇守に近づこうとしていた。

二メートルはあったはずの距離が、一メートルほどに縮まっている。

「ち、近づくなって言っただろ！　もとの位置まで下がれ」

鴇守は壁に背中を押しつけながら叫んだ。

ほんの三十センチ手前で夜刀が止まった。両手を床についたまま、獣のような体勢だ。

「目を逸らさずに、俺を見ろよ。……見てくれよ」

悲しげな声に、鴇守ははっとなって真横に向けていた顔を正面に戻してしまった。

見慣れない顔、見慣れない身体《からだ》。猫に似ている瞳孔の形だけが、見慣れたものだ。

小鬼のときより、髪が少し伸びている。鴇守があまりに怖がるせいか、長い角は消して隠し、鋭く尖《とが》った手足の爪の形も変えてくれていたから、普通の人間のように見えなくもない。

顔つきは整っていて、男らしい。高く通った鼻筋に、引き締まった口元、金の瞳が輝く涼やかな目元には、独特の力がある。

日に焼けたような色の肌は滑らかで、しなやかな筋肉が浮き上がっているさまは、美しいと言えるかもしれない。

彼が鬼でなかったら。

鴇守はせつなく眉を寄せた。そんな仮定は考えるだけ無駄だ。

身体の大きさもさることながら、夜刀が有する鬼の力が強大すぎて、呑《の》みこまれてしまいそうになる。

夜刀が口を開いた。

「なぁ、鴇守。これが本当の俺なんだ。昨日のことがなくても、いつかはこの姿に戻るつもりだった。だって、小鬼のままだと、鴇守を抱き締められない」

「……！」

仰《の》け反《ぞ》りすぎて、鴇守は壁に後頭部をぶつけた。

これ以上は下がりたくても下がれない。立てた両膝を胸の前に引き寄せて、無意識に身を守ろうとした。

夜刀のまとう空気に、性的なものが混じっている。勘違いではない。

ひたむきに鴇守を見つめる瞳には、鴇守に対する想いが満ちていて、目を逸らすことができない。

同じ視線を小鬼のときももらっていたが、大人に成長するとここまで威力が増すとは。

「俺は鴇守が欲しい。仕事の報酬じゃないキスを、鴇守としたい。鴇守を思いきり抱き締めて、甘やかしてやりたい。鴇守の全身を見て触りたい。小鬼じゃできなかったことが、今の身体ならできる。きっと、鴇守も気に入る」

夜刀がゆっくりと上体を起こした。膝立ちで中腰になり、顔を近づけてくる。

声が出ない。息もできない。怖い。

だが、このまま固まって夜刀の好きにされるのは、もっと怖い。これは鴇守が知らない夜刀だ。

「……っ」

唇と唇がくっつく寸前に、鴇守は渾身《こんしん》の力で夜刀を突き飛ばした。

這うようにして夜刀の横をすり抜け、玄関へ走る。

「鴇守！」

「来るな！　追いかけてきたら、一生口利かない！」

振り向きざまにそう叫ぶ。

まさに追いかけてこようとしていた夜刀が、鴇守に向かって伸ばされた手もそのままにぴたりと止まった。

鴇守は靴に足を突っこみ、部屋を飛びだした。違う階に止まっているエレベーターを待つ余裕がなくて、階段を駆け下りる。

外は夜で、暗かった。どこへ行くというあてもなく、足が向くままに走った。息切れがして苦しくなれば歩き、呼吸が落ち着いたらまた走る。

夜刀が追いかけてきているかどうかは、気にしなかった。

子どもじみた脅しで夜刀を止められるのはほんのわずかな時間だし、夜刀は鴇守のようにバタバタ走らずとも、目的地まで遁甲《とんこう》して一瞬で出現できる力を持っている。

そして、鴇守がどこに逃げようと、夜刀には鴇守の居場所がわかってしまう。契約によって取りこんだ夜刀の血が、鴇守の体内に存在するかぎり。

こんなふうに走りまわるだけ無駄かもしれないが、無駄なことでもせずにはいられないときがある。

暗い夜道を身体が勝手に避けていたのか、鴇守はいつの間にか繁華街に入りこんでいた。ネオンが煌《きら》めき、夜中でも人が多く行き来して騒がしい。

あまりいい場所ではなかった。アルコールや性的な匂い、人の思惑や金の絡まるところには、陰の気が満ちて魑魅魍魎《ちみもうりょう》を呼びやすい。

走ったおかげか少し冷静になってきて、どこかで時間を潰《つぶ》そうかと考えたものの、適当な場所が思いつかなかった。

衝動的に飛びだしたので、財布も携帯電話も持っていないのが厳しい。喉《のど》が渇いていたが、自動販売機で飲み物すら買えない状態だ。

かといって、マンションに帰る気にはなれず、とりあえず、繁華街に一番近い駅へ行くことにした。

人波にまぎれて黙々と歩いているうちに、視界にちらちらと入ってくるものがあった。

夜刀である。

建物の陰に隠れていたと思えば、蛇行しながらこちらに歩いてくる酔っぱらいを、鴇守とぶつかる前に突き飛ばしたりしている。

鴇守は無視した。

どこからかカレーの匂いが漂ってきて、丸一日食べ物を口にしていないことを思いだしてしまった。存在を忘れていた胃が、食べ物を求めて鳴き始める。

空腹は人を凶暴にする。否応なしに嗅がされながら、決して食べられないカレーの匂いは殺人的なまでに鴉守の空っぽの胃を揺さぶった。

大きな図体でこれみよがしに動いて視界に入ろうとする夜刀の姿に、無性に苛々《いらいら》して舌打ちをする。

丸一日ものが食べられなかったのも、手ぶらで家を飛びだすことになったのも、夜刀のせいだ。夜刀が十六年も鴉守を騙していたから。

夜刀を許してもいないし、受け入れてもいないのに、どさくさにまぎれてキスをしようとした。

夜刀の変化が持ちこんだ問題は、鴉守の人生を激変させようとしていて、解決する方法も見つかっていないのに、夜刀はキスしようとしたのだ。

「……厚かましい！」

「誰が？」

我知らず声に出してしまっていた罵《のの》しりに、人間の声で返事があって、鴉守は文字通り飛び上がった。

見開いた目の前に、四日前、鴉守と夜刀を怒鳴りつけた退魔師が立っていた。

8

鴇守は星合《ほしあい》の住まいであるアパートの一室で、炒飯《チャーハン》をごちそうになった。

ご飯と玉子がパラパラになっている炒飯は店で食べるものより美味《おい》しく、わかめスープまで添えられていて、カレーの匂いに嬲《なぶ》られていた腹の虫がやっと満足して鳴きやんだ。

星合は腹が減っていなかったらしく、コーヒーを飲んでいる。

調理の手が慣れていたことと、殺風景な部屋の様子からみて、独身の一人暮らしだろうと推測できた。

「ごちそうさまでした。美味しかったです。あの、食器を洗いますね」

「いや、いい。流しに置いといてくれ。お前も飲むか?」

疑問形で言いながら、星合は勝手に鴇守のぶんのコーヒーを淹《い》れて、出してくれた。

「ありがとうございます」

「じゃあ、そろそろ話してもらっていいか。ひっつき虫のお前のポチが、今は窓にへばりついて、恨みがましい顔で俺を睨んでいるわけを」

「……」

鴇守は意地でも窓を見なかった。

ポチというのは、夜刀のことである。締めだしを食らって家に上げてもらえない犬みたいだから、あながち的外れな呼び方でもない。

ゴンゴンゴン、と夜刀が鴇守の気を引こうと窓を三回叩《たた》いた。

築三十年以上は経っているような古いアパートだが、退魔師の住まいだけあって、対人外の防御は鉄壁らしい。護符を張って、念入りに結界を作った星合の部屋には、鬼も悪霊も妖怪も入ってこられない。そのうえで、鴇守が部屋には入るなと命じている。

「さすがに、あのクラスの鬼になると、護符の効果も危ういな。窓が割れたら、弁償してもらうぞ」

星合が揺れる窓を見て、顔をしかめた。

この男も、鴇守にはよくわからなかった。

話があるから俺の家に来ないか、と誘われるままついてきてしまったのは、まだ夜刀と二人きりになりたくなかったからだ。

当然のように鴇守と星合の間に割って入った夜刀は、お前がばらしたのか、と意味不明なことを叫びながら繁華街で星合を殴ろうとしたので、鴇守が止めた。

鬼使いを嫌っている退魔師の前で、使役鬼が鬼使いの命令に逆らうのはよくないと思ったのかどうなのか、夜刀の考えはよくわからないけれど、とにかく夜刀は振り上げた拳を下ろしてくれた。

今も、窓を叩いたり壁を蹴ったり星合の悪口を言ったり、というやんちゃをしつつも、強引に護符と結界を破って入ろうとはしていない。

「星合さんは、夜刀の本当の姿が見えてたんですか？　あの姿の夜刀を見ても、驚いていませんでしたよね？」

頑《かたく》なに窓から目を逸らして、鴇守は気になっていたことを訊いた。

「ああ。お前たちと会った日の夜に、あの姿で俺のところに来たからな。鴇守を苛《いじ》めるなと俺に文句を言い、二度と近づくなとか、本当の姿を鴇守にチクったらアレするぞ、とか散々脅して、最後は門限に間に合わなくて親に怒られる女子高生みたいな勢いで帰っていったぞ」

「女子高生……」

星合の度胸に鴇守は感服した。泣く子も黙る大鬼の夜刀と対峙《たいじ》しても、そのたとえを口に出せる根性はすごい。

夜刀が星合に会いに行ったのは、時間からみて、鴇守が入浴していた間のようだ。あの日、タオルがなくて夜刀を呼びつけた記憶がある。

そういえば、なかなかタオルを持ってきてくれなかったことを思いだした。まったく気づかなかった自分の鈍感さが情けない。

「俺がいない間に、よくそうやって外に行ってたんでしょうか。ここ十六年はずっと小鬼のままだったって、俺には言ってたけど……」

「ポチがそう言うなら、そうなんじゃないか。俺が退魔師だったから、本来の姿に戻って脅そうとしたんだろう。小鬼の姿でアレするぞ、って脅しても格好がつかないからな」

「あの、アレするってなんですか」

「言ってもいいのか？　ポチは禁句にしてるみたいだったが。つまり、生まれてきたことを後悔するような方法で殺してやるってことだ」

「……申し訳ありません。うちの夜刀がとんでもないことを」

鴇守が頭を下げると、窓どころかアパートの部屋全体がギッシギッシ揺れた。鴇守に謝罪させたことを、夜刀が怒っているのだ。

「いいから、むやみに頭を下げるな。俺の部屋を壊そうとしないでくれ」

テーブルから落ちそうになったコーヒーカップを持ち上げて、星合がうんざりと言った。

「す、すみません！　夜刀、おとなしくして！」

夜刀のほうを見ないまま、鴇守は叫んだ。

揺れが収まったので、命令を聞いたのだろう。

星合はカップを置き、指先でコツコツとテーブルを叩いた。

「よくないな、お前たち。四日前はお前にチクるなって言ってたポチが、今はあの姿で、お前が怯えてるのをわかってるのに、小鬼に戻ろうとしない。なにがあった？」

「……」

「お前も知ってるだろうが、俺は矢背《やせ》家が嫌いだ。退魔師は大抵そうだ。退魔師にとって鬼は退治するもので、使役するものじゃない。だから、お前が困っているとしても、なにか手助けができるとは思わない。矢背家の問題に、一退魔師である俺が介入することもできない。つまり、話しても話さなくてもお前の状況は変わらないが、相槌《あいづち》は打てるし、もしかしたらアドバイスもできるかもしれない」

「星合さん……」

「四十センチの小鬼が一気に巨大化したら、ビビるよな。あれはちょっとひどい」

「……最初は十センチでした。俺が大きな鬼を怖がって泣くから、小鬼の殻を被ることにしたそうで」

「十センチ！　よく縮めたもんだ。が、詐欺もいいとこだな」

世間話でもするような口調で星合が水を向けてくれたので、鴇守はついそれに乗った。

矢背家を嫌っている退魔師に、矢背家の内情をペラペラと話すことに抵抗はあったけれど、本当はこうして誰かに話を聞いてもらいたかったのだ。

鴇守には愚痴を零せる人も、悩みを打ち明ける人もいなかった。高景《たかかげ》とは少しは親しいが、彼も矢背家の鬼使いだと思えば、連絡するのを躊躇《ちゅうちょ》してしまう。

一度会っただけの、よく知らない、敵なのか味方なのかわからない星合に頼ってしまうほど孤独感は強く、困惑も深い。

「夜刀は俺だけじゃなくて、本家から来た教育係の人も、ほかの鬼使いも、本家の当主さえ騙しとおしてたんです。でも、昨日突然、本家から呼びだされて……」

夜刀の本当の姿がなぜか本家にばれていて、夜刀は現当主の使役鬼よりも強いため、矢背家のしきたりに従い、鴇守が次期当主になるように言われて困っていることなど、鴇守はぽつりぽつりと話した。

「ああ、それでさっき、ポチは俺が本家にばらしたんじゃないかと疑ったんだな。言っとくが、俺は誰にも言ってないぞ」

得心したように言った星合は、シャツの袖をまくり上げて肘《ひじ》から下をさらした。広い範囲で包帯が巻かれていて、ところどころ赤茶色いものが滲《にじ》んでいる。腕だけではなく、頬《ほお》や額にも切傷のようなものがあって、鴇守は彼を見た瞬間から気になっていたのだが、十中八九彼の仕事に関することだろうと思い、訊ねることはしなかった。

鴇守も、鬼使いの仕事について訊かれたら、返事できないからだ。

「ポチが俺のところに脅しに来たとき、俺は仕事中だったんだ。けっこう手ごわい鬼で、情けないことにこのありさまだ。矢背家に喧嘩《けんか》を売りに行けるほどの元気はない。まあ、誰がチクったにしろ、ばれちまったものはしょうがない。お前、矢背家の当主になるつもりはないのか？　ポチにはそれだけの力がある。それにやつはお前にベタ惚れだ。お前の命令ならなんでも聞くだろう」

鴇守は顔を歪《ゆが》めた。

「当主なんか絶対になりません。なりたくないし、なれないと思います。星合さんもご存知ですよね、矢背家が請け負う仕事の内容は」

「まあな」

「俺が鬼使いとしてやってこられたのは、力が弱くて小さな仕事しかまわってこなかったからです。俺は鬼に命じて、肉体的に人間を傷つけさせたり、命を奪わせたり、そんなことはしたくないんです。その報酬として鬼が望むものを用意する……そんなこと、絶対にできない。俺には耐えられない……」

「小さいったって、大金払って矢背家に依頼するくらいだから、お前の仕事だってそれなりに誰かを傷つけてきただろうよ。仕事の失敗の責任を取らされて、精神的に追いつめられて自殺を選んだやつがいても、お前には関係ないとでも言うつもりか?」

「……」

ぐっとつまって、鴇守は俯いた。

仕事が引き起こす結果は、鬼使いが考えることではないと教育を受けている。だが、もう六年もこの仕事をしているのだ。

考えないようにしながらも、考えずにはいられなかった。自分のやったことで、誰かが人生を狂わされ、不幸になっているのは間違いなかった。

だが、最終的には不幸になった人より、幸福になれる人のほうが多いのだと、古来から日本を支えてきた矢背家の判断は正しく、世の中をよりよくするために、俺は鬼を使ってお手伝いをしているだけなのだと言い聞かせている。

そうでも考えていないと、次の仕事がこなせない。

ミシッと天井が軋み、ぱらぱらと埃《ほこり》が落ちてきた。

鴇守を落ちこませたことに怒った夜刀が、アパートごと破壊しようとしていることに気づいたのか、星合が謝った。

「……悪かった。お前だけを責めてもしょうがない話だったな」

「いえ、本当のことですから。鬼使いとしての仕事なんてしたくないと言っても、本家に逆らう勇気もありませんし」

「お前が逆らったところで、なにかを覆せるような一族じゃない。いっそ、当主になって矢背家のすべてをぶっ壊してやったらどうだ？　退魔師は大歓迎するぞ」

「無理ですよ！」

「なぜだ？　今のお前には最強の鬼がついてる。矢背家が契約しているすべての使役鬼が束になってかかっても、ポチには敵《かな》わないかもしれない。あ、ぶち壊すんなら、わざわざ当主にならなくてもいいか」

「いや、でも……そんな」

星合が冗談を言っているのかと思い、鴇守は反応に困った。それくらい、彼の提案は荒唐無稽で現実味に乏しかった。

たとえ本気だとしても、鴇守の希望は夜刀に小鬼に戻ってもらって、今までどおりの生活を送ること、もしくは矢背家とは無縁に生きていくことで、矢背家を潰すことではない。

だが、そんなことを星合に言うわけにはいかなかった。

ここに至ってすべてをなかったことにしたいなんて、ものの道理を知らない子どもにしか言えないことだ。

「正直に言って、俺は今の夜刀が怖いんです。力もすごいけど、出会ったときは手のひらに乗るくらい小さくて、昨日の朝まで膝に抱っこしてたんですよ。あんな大きいの、困ります」

「大きさはともかく、ポチの本質は変わっていないと思うが」

「本質、ですか？」

「俺は鬼退治が仕事だから、鬼の味方はしたくないし、鬼を理解しようと思ったこともない。だが、ポチがお前を好きで好きでたまらないのは、一目瞭然《りょうぜん》だ。四十センチでも百九十センチでもそれは変わっていないとわかる。ポチは自分を小さくする知恵がまわるし、お前を守ろうとする慈悲もある。慈悲が発揮されるのはお前限定であっても、そういう鬼は珍しい。お前、ポチにかなり助けてもらっただろう？」

「……はい」

のではないかと思う。

鴇守は素直に頷いた。

数えきれないほど助けてもらった。夜刀がいなければ、鴇守はまともに成長できなかったのではないかと思う。

夜刀はいつだって鴇守のそばにいて、鴇守を守ってくれた。

「お前とポチの力が釣り合っていないのは確かだ。ポチはちょっと規格外すぎる。俺としちゃ、あんなのを野放しにされるより、お前が飼ってくれてるほうが平和で助かるが、どうしても恐怖心が抜けないなら、契約を解除するのもありかもな」

「……！」

部屋の電気がいっせいに消えた。

驚いて、テーブルを支えに立ち上がる。

「おい、調子に乗るなよ、退魔師が。余計なこと言うんじゃねぇ。鴇守がうっかりその気になっちまったらどうすんだ、こら」

「……うぐっ」

地獄の底から響くような声で夜刀が星合に啖呵《たんか》を切り、星合が漏らしたと思《おぼ》しき苦悶《くもん》の声が聞こえ、鴇守は目を瞬かせた。外の灯りが窓から入ってきて、完全な暗闇ではない。

暗さに目が慣れてくると、夜刀が星合の胸倉を摑んで揺すぶっているのが見えた。星合は浮き上がって、床に足がついていない。

「やめろ、夜刀！　星合さんから手を離せ！　誰が部屋に入ってきていいって言った？　電気をつけて、外で待ってて」

五秒ほどの沈黙のあとで、部屋が明るくなった。

しかし、鴇守はほっとするどころか、いっそう緊張して一歩後ろに下がった。夜刀がすぐそこに立っていたからだ。

拗《す》ねたように唇を尖《とが》らせて、床に尻餅をついて苦しげに咳《せ》きこんでいる星合を睨みつけている。

「ほ、星合さん……」

心配して手を伸ばそうとしたが、星合が片手を上げてそれを辞退した。

「ごほっ……、大丈夫だ。お前は近づかないほうがいい、俺の安全のために」

「夜刀、なんでこんなことするんだよ」

鴇守は身体に力を入れて足を踏ん張り、夜刀を睨んだ。

「こいつが余計なことを言うからだ」

「余計なことってなに」

「契約を解除するってことだろう」

口を挟んだ星合に、夜刀が牙《きば》を剝《む》いた。

「舌を引っこ抜かれたいか！」

「恐ろしい顔をするな、お前の主がびっくりしてるぞ」

「……！」

やっちまった、みたいな顔をした夜刀はすぐさま牙をしまい、お行儀よく唇を閉じると、鴇守に向かって微笑《ほほえ》んでみせた。

鴇守の眉間《みけん》の皺《しわ》が深くなった。その場しのぎで誤魔化《ごまか》そうとするお粗末な対応は、まさしく長年つき合ってきた夜刀そのものである。

夜刀は小鬼のときによくしたように、こてんと首を横に倒した。

「鴇守、そんなことしないよな？　俺はお前の鬼だもんな？」

「……」

返事をしなかったのは、契約の解除など考えたこともなかったからだ。

契約を解除したら、夜刀は鴇守の鬼ではなくなる。八歳のとき、京都《きょうと》の旧屋敷で行った契約儀式が脳裏によみがえった。

夜刀の血を飲んだときの、全身に火花が散ったような痛みを伴う熱さは、今でも忘れられない。

鬼使いと使役鬼の関係を解消するとき、鬼からもらった血は鬼に返す必要がある。そうして、紡いだつながりを無に帰すのだ。

いやだ、と鴇守は思った。

強くて大きな夜刀は怖いけれど、夜刀がいなくなるのはもっと怖い。

五歳のときから、手を伸ばせばそこにいてくれた、鴇守だけに優しい鬼。誰より深く、鴇守を理解してくれている。

一生、鴇守が死ぬまで一緒にいるのだと信じていた。夜刀がいたから、誰にも理解されない孤独や、浮いてしまう存在に対する嘲笑《ちょうしょう》、苛めにも耐えられた。

では、逆に鴇守は夜刀のなにを理解していたのだろう。

夜刀は鬼でなんでもできるから、悩みもなければ、鴇守の助けも必要としない。そんなふうに思っていた。自分に都合のいいときだけ親友扱いをして、一方的に鴇守が夜刀に負ぶさっていただけだ。

考えなければいけないことがたくさんあった。

変化した夜刀を漠然と怖がっていたけれど、夜刀は鴇守を傷つけない。むしろ、鴇守を傷つけるものを傷つける。

なにが怖いのか、はっきり理解してもいないのに逃げていたって、どうにもならない。

鴇守はもう子どもではないのだから、騙したの怖いのと拗ねていないで、夜刀と話し合うべきだった。

「夜刀」

「いやだ。俺は絶対に鴇守と別れない。別れ話なんか絶対にしない！」

鴇守は苦笑した。

家に帰って話し合おうと言うつもりだったのに、夜刀は勘違いしている。

「別れたりしないよ。ごめん、動揺してどうすればいいか、わからなくなってた。うちに帰ろう」

「ほ、本当だな？　うちに帰ると見せかけて、俺を捨てたりしないな？」

身体は大きくなっても、やっぱり夜刀は夜刀だ。発想が可愛らしい。

疑心暗鬼になって鴇守をじっとりと見つめる瞳の必死さに、夜刀を怖いと思っていた気持ちが薄れていく。

「どこに捨てるんだよ。夜刀は俺の鬼だ」

「鴇守……！」

夜刀は感動した顔で鴇守に抱きついてこようとしたが、鴇守の腰が引けたのを見て取り、一歩手前で堪えてくれた。

やっぱり、夜刀は優しい。

「星合さん、ありがとうございました」

床から起き上がり、椅子《いす》に座った星合に、鴇守は頭を下げて礼を言った。

「いや、別れる別れないって、カップルの修羅場を見てるみたいで、ちょっとおもしろかった。それに、矢背家の次期当主に借りを作るのは悪くないさ」

「ご期待には添えないと思いますけど。これからのことは、うちに帰って夜刀と相談します」

「矢背家をぶち壊す気になったら教えろよ。少しなら手を貸してやるから」

「心にとどめておきます」

「鴇守、早く行こうぜ。ここ、居心地悪いし」

遠足が待ちきれない子どもみたいに、夜刀は鴇守を急《せ》かした。

最強の護符や結界で張り固めてある退魔師の住まいなのに、彼にとっては居心地が悪い程度なのだ。

星合は苦虫を噛みつぶした顔になっている。

「夜刀、黙って。それじゃ、俺たち失礼します。本当にお世話になりました」

夜刀がこれ以上余計なことを言う前に、鴇守は急いで星合の部屋を出た。

アパートの通路は狭く、暗い。もう寝たのか、まだ帰宅していないのか、星合以外の部屋の明かりは消えている。

「ちょっと待ってくれ」

先に歩いて階段を下りようとした鴇守を、夜刀が止めた。

「なに？」

振り向いた鴇守の目の前で、夜刀の姿が瞬時に変わった。容姿が変わったのではなく、虎柄のパンツ一丁だったのが、きちんとした服を着用しているのだ。

長袖の白いシャツに、洗いざらしのジーンズとスニーカー。シャツのボタンは上の三つが外れていて、逞《たくま》しい胸元がちらっと見えている。

「……」

鴇守は呆然と、夜刀を見つめた。

まったく普通の、人間の男だった。あたかも、モデルか俳優のようだが、スポーツ選手のようにも見える。

夜刀はにこっと笑った。牙ではない白い歯が覗いて、とても爽《さわ》やかだ。目は黒く、瞳孔も丸い。鬼が化けているとは、誰も思うまい。

「これで鴇守と並んで歩ける。少し、力も抑えてる。今の俺、そんなに怖くないだろ?」

たしかに、力をセーブしていない夜刀は、噴火するマグマのような激しさがあったが、今は大きめのキャンプファイヤーくらいである。

近づきすぎると熱いけれど、逃げだしたくなるほど怖くはない。

「もしかして、実体化してるのか?」

鴇守の目には、夜刀はいつも実体として存在しているから、ほかの人間の目にも見えるようになったのかは、夜刀に訊かないと判断できない。

「ああ。実体化して、鴇守と並んで歩くのが夢だったんだ。鴇守の隣には俺がいるんだぜ、ってのを人間どもに見せつけてやりたかった。さ、うちに帰ろう」

うきうきと歩きだした夜刀の後ろを、少し遅れて鴇守はついていった。

なんだか不思議な感じがして、言葉が出なかった。夜刀が鬼ではなく、人間の友達だったら、と考えたことは何度もある。

同じ学校に通い、学生らしい悩みを共有し、人間の遊びを楽しむ。一緒に買い物に行ったり、座席を二つぶん取って映画を見たり、レストランやカフェで食事をする。

絶対に不可能だと思っていた。

二人は歩いてきた道を戻った。

夜刀は隣で、三歩歩いては鴇守を見て、鴇守の歩調に合わせている。住宅街では、すれ違う人は少ない。

夜遅くまで営業している飲食店の多い繁華街に来ると、それなりに人通りはあり、酔っぱらった女性が夜刀に見惚《みと》れて足を止め、通り過ぎても振り返って眺めていた。隣を歩く鴇守など、視界にも入っていないようだ。

自分に向けられる熱い視線に無頓着な夜刀は、鴇守だけを気にしている。

「風が出てきたな。寒くないか?」

そう訊かれ、鴇守はいつもの癖で、口元を手で隠して返事をしようとして、その必要がないことに気がついた。

「……大丈夫だ」

鴇守が声を出しても、誰も鴇守を見ない。独り言を呟いているのではなく、ちゃんと話をする相手が隣にいるからだ。

「寒かったら言えよ。上着を出してやるから」

「どこから出すんだよ。人目があるところで、変なことはするなよ」

「わかってるって。おい、あんまり端っこ歩くな。溝にはまるぞ」

「そんな鈍くさくないよ」

「どうだかな。もうちょっとこっち寄れって。五歩先に段差があるから気をつけろ」

夜刀のアドバイスのおかげで、鴇守はスマートに段差をクリアできた。言われなかったら、躓《つまず》いて膝を打っていたかもしれない。

大きくなっても、夜刀の言うことは小鬼のときと変わらなかった。過保護なまでに、鴇守のことばかり心配している。

「へへっ、やっぱりいいな。こういうの。鴇守と普通に話ができる」

「……そうだな」

夜刀があんまり嬉しそうに言うから、鴇守は少し考えて同意した。

さっきまで怖がって逃げまわっていたくせに、現金だなと自分でも思う。

しかし、正直な気持ちだった。戸惑いはあるけれど、夜刀と契約を解消して別れることなどできない。

夜刀への恐怖が収まってくると、意識の外へ追いだそうとしていた現実問題が身に迫ってきた。

当主にはなれないことを、正規にどう伝えれば納得してもらえるのだろうか。

「鴇守、難しい顔をしてる」

俯いて黙々と歩いていた鴇守は、夜刀の声に顔を上げた。

夜刀は高い背を屈《かが》めて、鴇守を心配そうに見つめている。通りかかった車のライトに照らされて、鬼のくせにハンサムすぎる顔がよく見えた。

「俺は矢背家の当主にはなりたくないんだ。夜刀とも離れたくない。どうしたらいいのか、考えてるけどわからない」

「そのまま言えばいい。なにがあっても俺がお前を守る」

「矢背一族を敵にまわすことはできないだろ、いくらお前でも」

「俺ならできる。俺は一番強いから」

吹かしているとは思わなかった。当主の使役鬼を怯えさせた夜刀の力は相当なものだ。

しかし、矢背一族の鬼使いと使役鬼を壊滅させれば、問題が解決するわけではない。鴇守は矢背家から離れることは考えていない。

鬼が見えてしまう人間が、一般社会で生きていくのは大変だ。庇《かば》い、匿ってくれる大きな傘が必要なのである。

「俺は今までどおりがいいんだ。末端の小さな仕事をして、殺伐とした世界とは無縁でいたい。矢背家の仕事なら小さいも大きいも同じだって、星合さんには怒られたけど」

「じゃあ、当主にそう言おうぜ。当主が納得しなかったら、納得するまで、俺があいつの赤い鬼をキュッと絞めてやる」

「夜刀はそれでいいの？」

「俺の望みは鴇守の望みだ」

夜刀の言葉は揺らぎがなかった。

「俺が望めば、なんでもしてくれるのか？」

「ああ」

自信満々に頷いた夜刀は、すぐにつけ足した。

「違う、なんでもじゃねぇな。鴇守と別れるとか離れるとか切れるとか終わるとか、そういうのは駄目だ。断固お断りする」

婚姻などのおめでたい席での禁句集みたいである。

「……お前は俺が好きなんだな」

「あったりまえだろうが！　俺は鴇守と一緒にいられたらそれだけでいい。鴇守が楽しそうにしてると嬉しくなる。鴇守を悲しませたり苦しませたりするやつは許さない。だから、手をつないでもいいか？」

反射的に頷きそうになった首を軌道修正し、鴇守は大きく横に振った。脈絡のない話で鴇守の虚を衝《つ》こうとしたようだが、そうはいかない。

しかし、駄目だと意思表示したのに、夜刀は強引に鴇守の手を握ってきた。

「……っ！」

温かく大きな手の感触に驚き、咄嗟《とっさ》に振り払おうとしたが、夜刀の手は離れなかった。

燃え盛る炎のなかに腕を突っこんだみたいな感じがして、触れ合っているところから震えが上り、全身に広がっていく。

「大丈夫だ、鴇守。俺は怖くない。俺はお前を守る鬼だから」

頭も震えて、カチカチと歯が鳴った。

炎は熱いものだ。全身を焼かれて死んでしまう。

そんな恐怖に耐えること、数分。

立ち止まり、目を閉じていた鴇守は、自分が焼けていないことに気がついた。夜の風が髪を揺らし、鼻をくすぐる。

ゆっくりと瞼《まぶた》を上げると、そこには月に照らされた夜道がつづいていた。

隣には夜刀がいて、鴇守を見守っている。

相変わらず、炎に包まれているような感覚があったが、手はもう熱くなかった。夜刀の炎は鴇守を傷つけない。

身体の芯から凍えるような震えが去って、昨日からずっと靄《もや》がかかっていたみたいな頭が少しすっきりした気がする。

夜刀の真摯《しんし》な表情が、鴇守の心を優しく包みこむ。

「うちに帰ろうか、夜刀」

「おう！」

嬉しそうに頷いた夜刀と手をつないだまま、鴇守は夜道を歩いた。

当主になれと命じる正規の顔、夜刀に怯えるあかつきの顔が脳裏に浮かんだが、今はなにも考えたくなくて、頭を振って追い払った。

9

本家に呼びだされてから一週間後、矢背家からの使いだという鬼使いが、鴇守のマンションにやってきた。

事前連絡がなにもなく、来たのが勝元ではなかったことに、鴇守は戸惑った。

「突然で申し訳ないが、緊急の用ができた。今すぐ使役鬼を連れて、私とともに指定された場所へ向かってもらいたい。当主の命令だ」

矢背紅要《こうよう》と名乗った、三十代半ばくらいの険しい顔つきをした男は、気が急いている様子で鴇守にそう告げた。夏至会でも一度も見たことがない男である。

「あ、あの、どんなご用件でしょうか？　鬼使いの仕事なら、俺は大きなことはできません。俺の鬼は強いんですけど、でも、その……」

鴇守は玄関でしどろもどろに訴えた。

もしかして、用件というのが人殺しの依頼をこなせというものなら、おとなしくついていくことはできない。そこから、鴇守を当主にする教育とか訓練とかが、なし崩しに始まってしまう可能性もある。

紅要は鴇守の懸念を見透かすように、鼻で笑った。

「いや、仕事をしろという話ではない。使役鬼がいくら強かろうと、お前自身は弱い鬼使いだ。大きな仕事がこなせないのはわかっている。私は当主の命令を遂行するのが役目で、用件の詳細はわからないが、とにかく急ぎだ」

「詳細もわからねぇのに、ほいほいついていけるかよ」

　夜刀が横から口を挟んだ。

　紅要が夜刀を見上げ、二人はお互いを観察した。

　夜刀は鴇守が耐えられるキャンプファイヤー程度に力を抑え、角も爪も牙もしまって、普通の人間の格好をしている。今日は黒いシャツに黒いジーンズと、黒ずくめだ。

　テレビに映ったハリウッド俳優がそういう格好をしていて、鴇守が格好いいと褒めたら、ジャージの上下だったのを一瞬でこれに変えた。

　紅要は紺か黒かわからないほど濃い色のスーツを着て、上等そうな革靴を履いていた。背が高く、瘦《や》せた身体つきではあるものの、鬼使いとしての自信が全身から漲《みなぎ》っている。

「矢背家の伝達方法は大抵がこんなものだ。極秘事項が多く、情報を共有する人数は少ないほうがいい。矢背家のやりかたに文句があるなら、当主に直接言ってくれ。目的地に着けば、用件はわかる」

　鴇守は夜刀と顔を見合わせたが、矢背一族の駒である以上、当主の命令を拒否するという選択肢はなかった。

それに、現状をなにも変えたくないという鴇守自身の考えも、早いうちに当主に伝えておいたほうがいい。

「わかりました」

夕食を終えて部屋着で寛《くつろ》いでいるところだったので、鴇守は紅要に待ってもらい、身支度を整えた。紅要がスーツを着用していたため、鴇守もスーツで合わせた。

マンションを出て、駐車場に停めてあった黒塗りの車に夜刀と乗りこむ。運転手はおらず、紅要が運転席に座った。

なんだか胸騒ぎがして落ち着かない。膝の上で両手を握っていると、夜刀がその上から手を被せて包みこんでくれた。

ほっとして、力を抜く。

夜刀との距離は、小鬼だったころとさほど変わらなくなってきていた。大きな身体が日に入っても驚かなくなったし、夜刀が手をつないできても振り払ったりせず、自然に受け入れることができる。

肩を抱かれたり、背後から密着されたり、夜刀からの接触は日に日に多くなっていったが、いやだとは思わなかった。

ただ、同じベッドで眠りたいという希望は却下している。なにもしないから、と夜刀は言っているが、小鬼のときにされた彼のいたずらを思いだすと信用できなかった。

寝ている隙に百九十センチの身体で抱き締められ、舌を絡めるキスをされ、服を脱がされ、乳首を舐められ、性器を触られたりしたら、鴇守は大変なことになってしまう。

性欲のある健全な、そして性経験のない二十一歳男子だから、正直なところ興味は引かれる。けれども、そこまで許す勇気はまだなかった。

部屋に閉じこもっていても気がふさぐばかりなので、大学にも通い、実体化した夜刀と街を歩いたり、レストランで食事をしたりもした。

夜刀はとても楽しそうにはしゃいでいて、鴇守ももちろん楽しかった。

平和な日常に愛着を覚え、いつまでもこんな日々がつづけばいいと思っていた矢先に、紅要が来た。

もともと当主から猶予をもらっている間のことだとわかってはいたが、気が重い。

無意識にため息を繰り返していると、紅要が口を開いた。

「鴇守、お前は矢背家の当主になりたくないのか。今は抑えているようだが、お前の鬼の力が私にはわかる。その鬼を使えば、望みはなんでも叶うだろう」

「俺の望みは当主になることではありません。当主の責任を負えるだけの力もないですし。俺には矢背家の仕事……、矢背家が請け負う主要な仕事はできません」

当主、星合、夜刀に言いつづけている答えを、鴇守は愚直に繰り返した。

「人殺しはしたくないということか」

「……そうです」

紅要もそういう仕事をしたことがあるのだろうか、と考えた鴇守の思考を読んだように、紅要は言った。

「たいしたことはない。仕事をするのは私たち鬼使いではない。命じるだけで、実行するのは鬼だ」

「命じたくないんです。夜刀にそんなことをさせたくない」

「鬼使いが鬼を使役しないでどうする。なんのための使役鬼だ。矢背家の鬼使いに生まれながら情けない」

「べつに、俺は鬼使いに生まれたかったわけじゃ……」

「ただの人間がよかったと？　傲慢《ごうまん》だな」

鴇守はうなだれた。鬼使いに生まれたくてたまらなかった父や、勝元のことを考えると、たしかに傲慢だろう。

黙ってしまった鴇守に、紅要はさらに話しかけてくる。

「まぁ、お前のことはいい。お前の鬼は、ご馳走《ちそう》を欲しがらないのか。人間の血肉にありつくためなら、鬼はなんでもしてくれるぞ」

「……」

鴇守は思わず、隣の夜刀を見上げた。

夜刀は濡《ぬ》れ衣《ぎぬ》だと言いたげに、何度も首を横に振り、紅要に噛みついた。

「勝手なこと言ってんじゃねぇぞ、このクソ鬼使いが！　俺の好物は鴉守だ。鴉守が俺のご馳走なんだよ。ほかのものなんかいらねぇ！」

紅要はちらっと夜刀を振り返った。

「そんな非力な鬼使いの、なにがよくて使役に下った？」

「全部に決まってんだろうが。なにもかも、すべてだ」

「熟れるまで育てて、食べるつもりか？　鬼使いの血肉は鬼の血が混ざっているぶん、普通の人間より美味《うま》いというが。鬼は共食いの習性があるのか？」

「グロいことばっかり言うな、鴉守の気分が悪くなっちまう！　俺は鬼も人間も食わねぇ。弱い鬼と違って、俺はそんなもの必要としない。これ以上つまらねぇ話をするなら、お前の口を縫いつけてやるぞ」

夜刀が脅すと、紅要は肩を竦《すく》めて黙った。

都内を出た車は、群馬《ぐんま》県のほうへ向かっているようだった。途中から山のなかに入っていき、外灯もなく舗装されていない山道を、紅要はスピードを出してどんどん登っていく。

車が停まったのは、出発して二時間後だった。

道が悪く、運転も荒かったので、車を降りても、地面が揺れている気がした。だが、本家からの使いに文句は言えない。

「ここは矢背家が所有している山だ。こっちに来てくれ」

紅要が示したのは、粗末な山小屋だった。

長い間使用していないのか、ドアを開けた途端に埃が舞い、鴇守は咳きこんだ。

「きったねぇな！　こんなとこで仕事しろってか」

鴇守の背中を撫でてくれながら、夜刀が悪態をついた。

電気は通っているようで、紅要が天井から下がっている紐を引くと、電球が灯った。室内に椅子や机はなく、板張りの床に埃が積もっている。

「苦しそうだな。飲むかね」

車から持ってきたのか、紅要が二本持っていたペットボトルの一本を鴇守に差しだした。市販されているスポーツドリンクで、ラベルはよく見かけるものだ。鴇守が受け取ると、紅要は自分のものの蓋を開けて、ごくごくと飲みだした。

埃で喉がいがらっぽくなっていた鴇守もそれに倣い、一気に呷《あお》った。

「……うえっ」

鴇守は呻《うめ》いた。

液体が口のなかに入った瞬間に異常がわかったが、一口は飲んでしまった。ペットボトルを投げ捨て、慌てて吐きだそうとしたものの、喉が痺《しび》れて身体に力が入らない。

「おい！　どうした、鴇守！　しっかりしろ！」

「がっ、はっ……！　ぐぁ、お……っ」

鴇守は埃だらけの床に倒れこみ、喉や胸元を掻《か》き毟《むし》った。

血相を変えた夜刀が抱え起こし、ネクタイを緩め、シャツのボタンをいくつか外してくれたが、苦しくてじっとしていられない。呼吸か心臓が止まってしまうのではないかと思うほどの痛みに、鴇守はのたうちまわった。

「鴇守、鴇守、どうしたんだ！　てめぇ、鴇守になにをしやがった！」

紅要を怒鳴りつける夜刀の声が、遠くで聞こえる。

「しろたえ、来い」

紅要の命に呼応して、一陣の風とともに、白い髪の鬼が出現した。夜刀には及ばないものの、当主の使役鬼であるあかつきより強い力を持っていると感じ取れた。

「動くなよ、鴇守の鬼。たしか、夜刀という名前だったな。お前の主に飲ませたのは、数時間で死に至る劇薬だ。解毒剤は私だけが持っている」

「殺されたくなかったら、早くそれを寄こしやがれ！」

「解毒剤が欲しければ、私の言うことを聞け。京都の旧屋敷の庭にある鬼来式盤《きらいしきばん》を知っているな？　鬼使いが使役鬼との契約に使う式盤だ。それを破壊しろ。二度と使えないようにな。その後、遁甲して東京《とうきよう》に戻り、当主の正規を殺してこい。ついでに側近たちや使役鬼を巻き添えにしてもかまわない」

「なんだと？」

「時間はあまりないぞ。お前が躊躇している間に、鴇守は一秒ごとに死に近づいていく。脅しではない。鴇守の顔色を見てみろ」

夜刀ははっとして、鴇守の顔を仰向けた。

「鴇守、しっかりしろ！」

「……、……」

夜刀を呼んだつもりだが、声は吐息にしかならなかった。目を開けているのもつらく、脂汗が全身から噴きだしている。

悔しさに唇を嚙む力も、涙さえも出ない。

「紅要とか言ったな。お前、俺がそれをやってる間に、鴇守が死んだらどうする。お前の目的もわからねぇ。お前が鴇守にとどめを刺さない保証はねぇだろうが」

「勘違いするな。私は鴇守を殺したいわけでも、お前に殺されたいわけでもない。私が殺したいのは、正規だ。お前が帰ってくるまで鴇守は死なせない。それは約束しよう」

「お前の約束なんざ、信じられるか！」

「では、ここで私を殺し、鴇守が死ぬのをじっと見ているか」

「……っ」

夜刀の歯軋りの音が、鴇守の耳に届いた。

「だ、め……！　やと、だめ」

鴇守は必死になって声を振り絞った。

脅しに従って夜刀を行かせてはならない。鴇守のために「殺す」という単語を禁句にまでしている夜刀に、殺人を犯させるわけにはいかない。

それに、夜刀の主は鴇守だ。

鴇守を人質にするような卑劣な男の命令に従うだなんて、鴇守以外の鬼使いの命令を聞くだなんて、はらわたが煮えくり返りそうだった。

「解毒剤があるってのは、本当なんだろうな？」

「もちろんだ。鴇守が死ねば、私もお前に殺される。私はまだ死にたくない」

「……戻ってきて、鴇守が今以上にひどい状態になってたら、お前、腕の一本も覚悟しておけよ。わかったな」

「待っ……、夜刀……！」

「鴇守、すぐに戻ってくる。ちょっとだけ待ってろ」

床にそっと横たえられて、鴇守は慌てて夜刀を引き止めようとしたが、夜刀は煙のように遁甲してしまい、伸ばした指は空を掻いただけだった。

「行ったか。つくづく、あれはお前にはもったいない鬼だ。お前のなにがよくて、従っているのか」

紅要はしゃがみこんで鴇守の顔を覗きこみ、理解に苦しむといった感じで首を傾げた。

霞《かす》む瞳で、鴇守は紅要を睨みつけた。身体が動くなら、勝手に夜刀を使役したこの男に摑みかかって引き裂いてやりたかった。

射殺さんばかりの鴇守の視線を受けて、紅要は楽しげに微笑んだ。

「俺を殺してやりたいって顔だな。いい顔だ。矢背家の仕事は嫌いだとか、鬼使いに生まれたくなかったとか言いながら、お前は骨の髄まで鬼使いだよ。自分の鬼を俺に取られて、怒り狂ってる」

取り繕うことをやめた紅要は、私ではなく俺と言っている。笑みで歪んだ口元が、ぞっとするほど邪悪に見えた。

お前に取られたわけじゃない、と言い返したかったが、痛みよりも怒りで喉が強張《こわば》って声が出ない。

「お前をもっと怒らせるニュースがある。お前に飲ませたのは死に至る劇薬ではなく、矢背家に伝わる『鬼下し《おにくだし》』の秘薬だ。お前も学んだはずだ。鬼下しは、鬼使いの身体に流れる鬼の血――遥か昔の祖先、矢背一族を矢背一族たらしめている母なる雌鬼、芙蓉《ふよう》の血のみを流しだし、ただの人間に戻す効果がある」

「……っ」

鴇守は喉元で唸り、愕然《がくぜん》とした。

矢背家が所有する秘伝、秘薬、秘宝については、学んでいる。鬼下しは矢背一族に生まれたものが、一族から離脱するときに使用される秘薬だ。

芙蓉の血が抜ければ、鬼使いは鬼使いの能力をなくして普通の人間になる。子孫に鬼使いが出る可能性があるとして矢背家に縛られている鬼使いでないものも、遺伝の可能性を失うため、矢背一族との関係が切れる。

だが、苦痛が大きく、芙蓉の血が抜ける前に衰弱死してしまうものも多いと聞いた。使用については当主のみが権限を持ち、命を懸けても後悔しないものだけが服薬を許される。

そんなものを、鴇守は飲んでしまったのだ。

「お前は耐えられるかな、鴇守。苦痛に耐えきれば、お前は普通の人間になれる。憧れていたんだろう？　鬼が見えない生活に。腕に小鬼が食いついていてもわからない、鬼を背負いながら歩いていることにも気づかない、そんな魯鈍《ろどん》な生き物になりたいなんて、俺にはまったく理解できないな」

「……う、ぐっ」

鬼下しを吐きだそうとしても、空嘔《からえずき》にしかならない。

鴇守は夜刀を想った。鬼使いでなくなったら、夜刀との使役契約も無効になる。

鴇守だけが大好きだと言いつづけてきた夜刀は、鬼使いでない鴇守にも同じように接してくれるのだろうか。

鬼使いでない自分が、夜刀にとってどんな存在になるのか、想像もつかない。いや、取るに足らない、道端の石ころ以下の存在となってしまうのではないかと思うと悲しすぎて、頭が考えることを拒否している。

「あれほどの鬼を使役に下しながら、当主にはなりたくないだと？　この腰抜けめ。お前のような弱いやつに、鬼の血は必要ない。普通の人間として生きるほうが楽だろう。運よく生き残れればの話だが」

「な、ぜ、こんな……？」

自分に感謝すべきと言わんばかりの紅要に、鴇守は苦しい息で訊ねた。

「腰抜けと話すのは気が滅入るが、夜刀が仕事を終えるまでの暇つぶしにするか」

立ち上がった紅要は懐から煙草を取りだし、火をつけて一息吸ってから話し始めた。

紅要の背後には、主を守るように、しろたえが待機している。

白い髪の鬼は、夜刀よりも肌が黒かった。顔立ちは人間に近いという程度で、あかつきや夜刀のように美しく整ってはおらず、頭の角は古木のようにねじ曲がり、口を閉じていても唇から牙が出ていて見るからに恐ろしい。それでも、指は五本ある。

「俺は分家の鬼使いとして生まれ、隼鷹《じゅんよう》という鬼を見つけて契約し、二十五歳まで使役していた。隼鷹はこのしろたえより、もちろん当主のあかつきよりも強い鬼だった。矢背家のしきたりに従い、俺が次期当主になるのだと信じて疑わなかった」

鴇守は顎を引き、自分の胸元を睨みつけた。

しろたえが瞬きもせずに鴇守を見つめ、視線を合わせようとしてくるからだ。ぎょろっとした目が、不気味でたまらなかった。

しろたえに背中を向けている紅要は気づいていないらしく、煙草をくゆらせながら遠くを見て、話をつづけた。

「子どものころから優秀だった俺は、隼鷹を得たことで、当主候補としての教育を受けてきていた。正規は二十五歳で当主を継いだというから、俺が二十五歳になるのを待って、当主の交替が行われるのだろうと思っていた。だが、俺と隼鷹の力に嫉妬《しっと》した正規は、あかつきや側近の鬼使いたちに命じて俺たちを襲わせ、殺そうとしたんだ。今思い出しても、身体が震えるほどに忌々《いまいま》しい。隼鷹が命をかけて守ってくれたおかげで、俺はひどい怪我《けが》を負ったものの、死にはしなかった」

命からがら逃げ延びたが、使役鬼を失い、帰る場所も行き場もなくした。仕方なく名を偽って裏社会に身を潜め、新たに見つけた鬼と野合《やごう》によって契約し、同じく裏社会で生きるものたちから仕事を請け負って金を稼ぎ、居場所を作った。

「このしろたえも野合でな。もう五年のつき合いだ。鬼来式盤を用いずに契約した鬼の忠誠心がどんなものか心配だったが、式盤があろうとなかろうと差はないようだ。報酬がよかったおかげか、しろたえはこんなに強くなった。もしかしたら、隼鷹を超えているかもしれない」

紅要は火のついた煙草の先でしろたえを示し、満足そうに笑った。

「俺の目的は正規を殺し、俺を排除した矢背一族に復讐することだ。機会を窺《うかが》っていたが、さすがに正規には隙がない。藤嗣《ふじつぐ》や季和《きわ》が守ってる。打つ手がないまま時間だけが過ぎていくなかで、お前の鬼を見つけた。いや、見つけたというか、俺が使役していた鬼を夜刀が殺してくれた。俺は鬼を使って星合とかいう退魔師を始末するところだった。それを夜刀に邪魔されて、鬼を一体なくすわ、星合は始末し損ねるわで大損害だ。お前の鬼にはそれらのマイナスをカバーして余りある働きをしてもらわなければ、割に合わない」

「……夜刀が、殺した？」

意味がわからず、鴇守は眉を顰《しか》めた。

夜刀が本来の姿に戻ったのは、星合に警告に行ったときだけである。紅要の話から察するに、紅要が差し向けた鬼と星合は戦い、その最中に乗りこんだ夜刀が、紅要の鬼を殺してしまったのだろう。

紅要の使役鬼はここ五年はしろたえだと言っていたから、しろたえは夜刀に殺されていなくてはならないのに、ここにいる。

紅要はにやりと笑った。

「俺はな、三体の鬼を同時に使役できる」

「……！」

鴇守は夏至会で高景から聞いた話を思い出した。

次期当主候補として教育されながら、いつの間にか死んでいて、緘口令《かんこうれい》が敷かれたという、矢背家の失われた力を持って生まれた鬼使い。

使役鬼に食い殺されたという噂《うわさ》は嘘で、当主と対立した彼は当主や側近たちによって抹殺されかかりながらも生き延び、今、復讐に乗りだしたのだ。

「殺されたのは、緑青《ろくしょう》という名の三つ目の青鬼だ。頭が足りなくて、凶暴なところはあったが、俺の命令にはよく従う可愛いやつだった。それをお前の鬼が一刀両断にした。緑青の目を通して見ていたが、惚れぼれする強さだ。あれだけの鬼は探しても見つからない。野良かと思ったら鬼使いと契約済の鬼で、主はお前だ。腹が立ってしょうがなかったよ。宝の持ち腐れもいいところじゃないか。どうやって手に入れた？」

「……」

それは鴇守のほうが訊きたかった。鴇守はただ、夜刀に選ばれただけだ。

「あれを俺の鬼にしたかったが、主持ちの鬼に鞍替《くらが》えさせるのは骨が折れる。だから、利用させてもらうことにした。やつはお前を溺愛《できあい》してるようだから、お前を人質にすれば絶対に言うことを聞く。正解だったろう？」

「当主を殺して、どうする、つもり……」

鴇守は切れ切れに呟いた。喉が裂けそうに痛いけれど、訊かずにはいられない。

「決まっている。俺が十年前に手に入れるはずだったものを、今こそ摑む。俺を殺そうとした憎い正規はお前の鬼に殺され、そして、あの鬼を使役するお前は鬼使いではなく普通の人間になる。矢背一族で一番強いのは俺だ。当主は俺にしかなれない！」

興奮を抑えきれないように紅要は早口で言い、短くなった煙草を指先で握りつぶして新しいものを口に咥《くわ》えた。

「鬼来式盤を壊せと夜刀に命じただろう？　現役の鬼使いたちは、あれがなければ使役鬼を六《ろく》道《どう》の辻《つじ》から人間界に呼ぶことができない。鬼にそういう道筋をつけるのが、矢背家の正式契約だからな。正規は死に、残った鬼使いたちも使役鬼を呼べない。藤嗣も季和も、俺を排除しようとしたやつらは、俺に跪《ひざまず》くしかない。俺は矢背家のすべてを手に入れるんだ。正規はもう死んだかな？　いい気味だ」

紅要はくっくっと喉を鳴らし、楽しげに笑った。

地獄の苦しみのなかで、鴇守は夜刀を思った。

夜刀が正規を殺してしまったら、矢背家は終わる。千年に亘って矢背家が支えてきたものは、どうなってしまうのだろう。

自分の迂闊《うかつ》さを悔いずにはいられなかった。

鴇守に当主になれといった本家の人間が、なんの連絡もなく鴇守を連れだすなんて、よくよく考えればおかしな話だ。

せめてマンションを出る前に、勝元に連絡を取って確認するべきだった。

それに、鴇守は夜刀の力について無頓着すぎた。

夜刀は現当主の使役鬼を軽く凌駕《りょうが》する最強の鬼なのだ。存在を知られたら、利用しようと考える鬼使いが現れるほどに。

みそっかすの鴇守はぬるま湯に浸かりすぎて、危機感を失っていた。現状を維持することだけに気を取られ、自分がどんな世界に住んでいるか考えもしなかった。

義務を重荷に感じ、責任から逃げ、その先になにがあると思っていたのか。

だが、後悔しても、もう遅い。夜刀は行ってしまったのだ。

――夜刀、夜刀、ご当主さまを殺さないで……！

鴇守は一心不乱に念じた。

使役鬼は鬼使いの所在地を探知できるが、思考まで読み取れはしない。

それでも、夜刀が当主を殺し、矢背一族を混乱の渦に巻きこむ原因とならずにすむよう、祈らずにはいられなかった。

10

「鴇守《ときもり》、生きてるか！」

声とともに夜刀《やと》が戻ってきて、鴇守はうっすらと目を開けた。

夜刀の膝《ひざ》に抱き抱えられると、どっと安堵《あんど》が押し寄せ、涙が滲《にじ》んだ。実際には数時間ほどだろうが、もう何日も離れ離れになっていた気がする。

「なにもされなかったか？　鴇守、しっかりしろ！」

鴇守は震える手を持ち上げ、夜刀のシャツを掻《か》いた。摑《つか》みたかったのだが、指に力が入らなかった。

血腥《ちなまぐさ》い話を鴇守が生理的に嫌悪していると知った紅要《こうよう》は、裏社会の汚さや、これまでしてきた凄惨《せいさん》な仕事の詳細をわざと語りつづけて、鬼下《おにくだ》しで最悪な状態の鴇守をさらにどん底に突き落としてくれた。

人間は苦しめて殺したほうが楽しい。見えない鬼に怯《おび》え、逃げまどいながら手足をもがれる人間の悲鳴は耳に心地よい。殺人の欲望を抑えきれず、自分が手を下して、死体を鬼に始末させたことが何度もある。

次から次へと話す紅要の顔は、暗い喜びで満ち溢《あふ》れていた。

複数の鬼を使役する力を持ちながら、彼がなぜ次期当主に選ばれなかったのか、その理由がよくわかった。

殺人を喜ぶ異常性を、きっと正規《まさのり》たちは知っていたのだろう。いくら鬼使いとしての能力が高くても、これでは駄目だ。

紅要は野合《やごう》で鬼たちと契約を結んで酷使し、鬼が死んだら、新しい鬼を探して契約する、ということを繰り返しているようだった。鬼を消耗品みたいに使い捨てる酷薄な性質に、ひどい嫌悪を感じた。

こんな男に簡単に捕まり、鬼下しまで飲まされ、夜刀を勝手に使われたことが、かえすがえすも悔しくてならない。

「仕事はしてきたのか」

「ああ。ちゃんと当主をアレしてきたぞ。これが証拠だ」

紅要の問いに夜刀が頷《うなず》き、鴇守はやるせなさで歯噛《はが》みした。

全身全霊を捧げた祈りは、やはり届かなかったのだ。

夜刀は正規を殺してしまった。

主《あるじ》の命令ではなく、主を守るために彼が自主的に行動した結果、こうなった。

鴇守に夜刀を責める権利はない。夜刀の気持ちもよくわかる。ただ、夜刀を使役しきれなかった自分が情けなくて、夜刀にも正規にも申し訳なかった。

「……アレ？　なんだ、アレって。間違いなく殺してきたんだろうな？」

指示語に首を傾《かし》げつつ、紅要は夜刀が証拠として差しだしたものを受け取った。

鴇守も重い首をもたげて、夜刀の身体《からだ》越しにそれを見た。ハンカチのような白地の布に、赤黒い不思議な模様が描かれている。

それが血痕だと思い当たったとき、紅要がたたまれていた布を開いた。出てきたのは、小さくて丸いもの。

「……っ」

それがなにかわかった瞬間、鴇守は吐きそうになった。

「ほう、正規の目を抉《えぐ》って持ってきたか。どうだ、しろたえ。これは正規のものか？」

紅要の後ろで控えていたしろたえが、目玉の匂いを嗅ぎ、頷いた。

「間違いない」

初めて耳にしたしろたえの声はひび割れていて、聞き取りにくい。

「言われたことはやったんだ。さっさと解毒剤を寄こしやがれ」

今度は夜刀が片手を紅要に伸ばした。

解毒剤なんかない。

鴇守が飲まされたのは鬼下しで、千年以上前に矢背《やせ》家の祖の親、陰陽師《おんみようじ》と雌鬼が共同で作ったと言われる秘薬を無効にするような薬は、世界中探したってないだろう。

騙《だま》されるなと叫びたかったが、鴇守の喉《のど》は麻痺《まひ》したようになっていて、声にならない息が漏れるだけだった。

紅要の嘘《うそ》を信じている夜刀と、真実を夜刀に伝えようともがく鴇守を見比べて、紅要が嘲笑《あざわら》った。

「駄目だ。今、解毒剤を渡せば、お前は俺を殺すだろう。そんな危険なことはできない。解毒剤を渡す前に、お前にはこれを飲んでもらう」

紅要はしろたえに持ってこさせた一抱えもある大きな徳利を、夜刀に示した。

「なんだこりゃ。酒くせぇ」

「酒だよ、退魔師に伝わる秘伝のな。鬼毒酒《きどくしゅ》という恐ろしい名がつけられているが、毒ではない。鬼を泥酔させるだけだ。鬼のことに関しては矢背家に勝るものはないと思っていたが、退魔師もなかなかいいものを作る。主を助けたかったら、飲め。俺がここから逃げきる間、酔っぱらっていればいい」

「これを飲んだら、本当に解毒剤を渡すんだろうな?」

「ああ。もちろんだ」

紅要はしゃあしゃあと嘘をついている。

「……、……!」

駄目だ飲むな、と頭のなかで絶叫しているのに、鴇守の声は音になってくれない。

鬼退治が専門の退魔師が対鬼用に作った酒が、ただ泥酔させる効果しかないなんて、嘘に決まっている。

夜刀が酔いつぶれている間に逃亡したとしても、酔いから醒《さ》めれば、夜刀は紅要を追い、鴇守を苦しめた復讐をするだろう。紅要は結局、逃げきれない。

逃げきるための裏が絶対にあるはずだ。

動かない身を必死に揺すって危険を知らせる鴇守を、夜刀はぎゅっと抱き締めてから、床に横たえた。

「鴇守、もうちょっと待っててくれな。すぐに楽にしてやるから」

しろたえから徳利をひったくり、直接口をつけて呷《あお》る。

嚥下《えんか》に合わせて動く喉仏を、鴇守は絶望的な眼差しで見つめた。

すべてを飲み干した夜刀は、空になった徳利を床に投げ捨て、口元を手の甲でぐいっと拭《ぬぐ》った。浅黒い顔に赤みが差し、瞼《まぶた》が半分落ちかけている。

早くも酔っぱらっているのだ。

「しろたえ」

「承知」

紅要の命令に従ったしろたえが、瞬間移動のような速さで距離をつめ、酔いでふらふらしている夜刀を蹴《け》り飛ばした。

「……ぐっ」

通常なら、歯牙にもかけない相手だろうに、夜刀は蹴りを防げないばかりかまともに食らい、吹き飛んで壁にぶつかった。

古く小さな小屋は悲鳴をあげるように軋み、埃《ほこり》が天井から降ってくる。

夜刀はずるずると崩れ落ち、しろたえが一方的に殴ったり蹴ったりする音が響いた。

反撃に移る様子がない夜刀を見下ろし、紅要は哄笑《こうしょう》した。

「効いているようだな。力が出ないだろう？　言い忘れたが、鬼毒酒は鬼を泥酔させるだけでなく、鬼の力を奪う効果がある。あの量を飲み干したお前は今、しろたえ以下だ」

「ふ、ざけんな、よ……。と、ときも、りの解毒……寄こせ……」

壁際にへたりこんだまま、夜刀がろれつのまわらない口調で言った。

「まだしゃべれるか。普通の鬼なら、飲んだ瞬間に落ちるというのに、さすがは鴇守ごときを当主に押し上げる力を持った鬼だ。その力を眠らせるのは惜しいが、俺のものにならないなら封じるしかない。見えるか？　これがお前の新しい家だ」

紅要は懐から虹色に輝く水晶玉を取りだした。

空の鬼封珠《おにふうじゅ》だった。鬼使いの手に負えなくなった鬼を封じるための道具で、中身が入っている珠は黒い。

「とき、もり……げ、どく……っ」

夜刀の目はとろんと蕩《とろ》けていて、鬼封珠も見えていないようだった。今にも眠ってしまいそうになりながら、それでも鴇守の心配をしている。

自身を顧みない彼の深い愛情は鴇守の胸を締めつけたが、紅要はフンと鼻で笑った。

「残念ながら、解毒剤などない。こいつに飲ませたのは鬼下しだ。お前の愛《いと》しい主はもうじき、主の資格を失う」

紅要がそう言ったとき、小屋のドアが外側からぶち開けられた。

なだれこんできたのは、片目に包帯を巻いた正規と側近の藤嗣《ふじつぐ》、季和《きわ》、それに彼らの部下である鬼使いが二人いて、それぞれ使役鬼を招喚《しょうかん》している。

「紅要を捕らえろ！」

正規の怒声に、己が危機を悟った紅要も叫んだ。

「し、しろたえっ！　戦え、俺を守れ！」

夜刀から離れたしろたえは使役鬼たちに飛びかかり、手当たり次第に攻撃した。

強烈なしろたえの蹴りを食らった鬼が壁に激突し、小屋を支える柱を折った。ギギィと恐ろしい音を立てて、屋根が傾いてくる。

「崩れるぞ、外に出ろ！」

藤嗣が叫び、鬼使いたちが外に飛びだしていった。

「鴇守くん！　早く！」

「間に合わない！」

動けない鴇守を見て、季和が駆け寄ってこようとしたが、部下の一人に腕を引っ張られて外へ連れだされていく。

壁際で蹲《うずくま》っていた夜刀が這《は》うようにやってきて、鴇守を懐に抱えこんだ。

「くそっ、力が出ねぇ……！」

夜刀はどうやら、落ちてくる屋根ごと小屋を吹き飛ばそうと試みたようだが、鬼毒酒のせいで力が出せず、二人は崩れ落ちてきた木材の下敷きになった。

やがて、折れて積み重なった木材の下から這いだした夜刀が、鴇守を揺すった。

「け、怪我《けが》してないか、鴇守。俺がついていながら、こんなこ……ことになっちまって。なんか頭がフラついてよ……」

「……だ、……じょ、ぶ」

鴇守は唇の動きだけで、それを伝えた。

倒壊による衝撃はあったが、夜刀が懐に抱えこんで庇《かば》ってくれたので、かすり傷も負っていない。

それよりも、夜刀が心配だった。酒くさい息を吐き、ところどころ舌がもつれている。

「終わりだ、紅要。十年、よく逃げまわったものだ」

正規の声が静寂を割った。

いつの間にか白々と夜が明けていて、額から血を流した紅要が、藤嗣たちによって拘束されているのが見えた。

頼みのしろたえは、四体の使役鬼によってうつ伏せで地面に縫い止められている。

「俺を騙したな……！　どうやって、鴇守の鬼を手懐《てなず》けた」

正規を睨《にら》む紅要は、鬼の形相だった。一方、少し離れたところから紅要を睥睨《へいげい》する正規のスーツには、埃ひとつついていない。

「鴇守の鬼には知恵がある。五本の指が見えるだろう。それに、お前の企みに気づかない私だと思ったか」

夜刀は正規を殺しに行ったが、事情を話して助けを借りようとする知恵があり、正規にも夜刀の話を聞くだけの余裕と心当たりがあった。

夜刀から聞きだした鴇守の状態から、紅要が鴇守に飲ませたのは鬼下しで、死に至る劇薬ではなさそうだと正規は予想したものの、確証はない。

鴇守を助けたい夜刀と紅要を捕らえたい正規は、共同戦線を張ることにした。鴇守が飲まされた薬について確信を得るまでは紅要に従うふりをし、正規を殺した証拠として、正規は自ら片目を抉って夜刀に持たせた。

「お前は失敗したのだ」

と、正規は淡々と語った。

片目を覆って頭に巻かれた包帯には、血が滲んでいる。時間的にも医師の処置を受けてきたとは思えず、痛みはかなりのものだろう。

それでも、顔を歪《ゆが》めることなく、しっかりと一人で立つ凛《りん》とした佇《たたず》まいに、鴇守は感心せざるを得なかった。三十年間矢背一族を支えてきた当主とはこうあるべきだという気迫に、気圧《けお》されてしまう。

「お前には手を焼かされた。鬼下しを飲むべきはお前のほうだ。お前にとっては、ただ殺されるよりもつらかろう」

「冗談じゃない！　しろたえを押さえて俺に勝ったつもりか！　金剛《こんごう》、葛城《かつらぎ》、来い！」

激怒した紅要が叫ぶと同時に、地面から二体の鬼が出現した。

二体とも人間の容姿とはほど遠い異形である。赤黒くごつごつした岩のような肌を持つ鬼が、しろたえを押さえこんでいる四体の使役鬼を殴り飛ばした。

解放されたしろたえが咆哮《ほうこう》をあげると、全長一メートル以下の小鬼が地面から次々と湧《わ》いて出てきた。

「しろたえの眷族《けんぞく》ね！　数が多すぎるわ……っ」

季和が憎々しげに叫んだ。

力の強い鬼は、弱い鬼を眷族として従えていることがある。知識として知ってはいたが、見たのは初めてだった。

言葉がしゃべれないのか、ぎょわわ、と、意味不明な声をあげている小鬼たちが、使役鬼を素通りして鬼使いたちに向かっていく。小鬼でも鬼は鬼、人間の血肉を求めているのだ。

小鬼の動きは素早く、足に嚙みつかれた部下の一人が痛みで絶叫した。その使役鬼が主を傷つけられて怒り、小鬼を摑んで捻《ひね》りつぶす。

まさに、地獄絵図である。死んだ鬼の身体は塵《ちり》になって消滅するのに、流れた血だけは残りつづけるのがいっそう不気味だった。

「しろたえはあかつきを殺《や》れ！　葛城は夜刀だ、鬼毒酒で弱ってる！」

しろたえによって拘束を解かれ、自由を取り戻した紅要が命じた。

ひょろっとして手足が長く、土気色の肌をした鬼が、夜刀に向かってきた。右手には大きな鎌《かま》を持ち、かっと見開いた目が四つもある。

「うぇっ、こっち来んなっ」

夜刀は鴇守を抱いたまま、葛城の攻撃をかわそうとした。

長い腕を鞭《むち》のようにしならせ、大鎌を自在に繰りだして、葛城は夜刀を確実に削っていく。ハリウッド俳優を真似《まね》た黒ずくめの格好は、あっという間にぼろぼろになった。

「お、おろして……」

鴇守は苦痛に抗い、それだけを呟《つぶや》いた。声になっていたかどうかはわからないが、夜刀なら察するはずだ。

夜刀の足手まといになりたくなかった。彼本来の力は出せなくても、鴇守という荷物がなくなれば、身軽に動ける。

「下ろせって言ったのか？ 絶対にいやだ。鴇守は俺が守る、死んでも離さねぇ！」

雄々しい言葉と態度に、涙が出そうだった。

それなら自分から離れようと痛む身体で仰《の》け反《ぞ》ったとき、至近距離で大鎌を振りかぶっている葛城が見えた。鈍く光る切っ先が、夜刀の背中に吸いこまれる。

「あー……！」

悲鳴をあげたのは、鴇守のほうだ。しゃがれた声が喉から迸《ほとばし》った。

「……だ、大丈夫だ、気にすんな。これでちょっと、酔いが醒めた」

背中に突き刺さった鎌もそのままに、夜刀は振り返りざま、ナイフのように鋭い手刀を葛城の頭に叩《たた》きこんだ。

頭部を吹き飛ばされた葛城は血を撒《ま》き散らしながら地面に倒れ、塵となって消えていった。

ほっとする間もなく、今度はしろたえと金剛が夜刀に飛びかかってくる。二人がかりの攻撃に、夜刀は防戦を強いられた。

あかつきを探せば、片脚を引きちぎられて蹲っており、正規は無事だが、使役鬼がこれでは当主といえどどうしようもない。ほかの使役鬼たちも戦闘不能で倒れているか、すでに塵になってしまったようだった。

こちら側で動けているのは、夜刀だけである。

やはり、紅要が使役する鬼たちは強い。矢背家から十年、逃げつづけただけのことはある。

「ちょろちょろしやがって、くそっ」

左手で鴇守を抱えた夜刀が、右手で金剛の頭を鷲掴《わしづか》みにした。

握りつぶそうとして果たせず、諦《あきら》めてそのまま地面に叩きつけている。岩のような身体は、見た目同様に相当な硬度があるらしい。

金剛を踏みつけている夜刀の背後に、しろたえの黒い顔がぬっと現れた。

「お前、邪魔。弱い鬼は消えろ」

弱っているとはいえ、夜刀に向かって恐ろしいことを言ったしろたえは、夜刀の背中に刺さっている鎌を抜き取り、もう一度突き刺すべく、力任せに振り下ろした。

夜刀も反応し、防御のために持ち上げた右腕が、その鎌で斬り落とされた。勢いよく噴きだした血が、鴇守の顔にかかる。

ごとり、と夜刀の腕が地に落ちた。

その衝撃的な光景に、頭のなかが真っ白になる。

第二撃を狙うしろたえを強靭《きょうじん》な足で遠くへ蹴り飛ばし、夜刀が叫んだ。

「やべぇ！　あー、鴇守に血がかかっちまった！　お前、血とか見るの嫌いなのに。悪い、すぐに拭《ふ》いてやるから、ちょっと待て！　って、どうやって拭けばいいんだよ！」

やべぇ、どころではないはずだが、夜刀は鴇守を抱えたまま下ろすこともできず、肘《ひじ》から先を失った血塗《ちまみ》れの腕を振りまわして右往左往している。

切断面から止まらない血が飛び散って、この世の光景とは思えない惨状だが、どうやら、痛みは感じていないらしいとわかり、鴇守はほんの少し安心した。

しかし、衝撃は終わらなかった。

「ぎゃわ、わーっ」

喜びの声をあげた小鬼たちが、落ちた夜刀の片腕に群がり、戦利品のように抱えてどこかへ持ち去ろうとしているのだ。

「おい、待てっ！　俺の腕を持っていくな、泥棒どもめ！」

夜刀が怒鳴っても、小鬼たちの足は止まらない。

無力な鴇守もまた、それを見送るしかなかった。小鬼たちの行き先は六道《ろくどう》の辻《つじ》だろう。遠ざかる姿が地面に沈むように消えていく。

できるなら、走って追いかけて取り戻したい。夜刀は鴇守の鬼だからだ。斬り落とされた腕だって、鴇守のものだ。

うっすらと開いた唇の間から、顔にかかっていた夜刀の血が流れこんできた。

無意識に舌で舐《な》め取った鴇守は、唾液《だえき》と混ぜて飲みこんだ。口に広がる甘い味に懐かしさを感じる。

喉元を通りすぎ、腹に落ちたあと、全身が熱くなった。この感覚にも覚えがある。

十三年前、契約儀式で夜刀の血を飲んだときと同じだ。

ドクンと心臓が脈打った。

熱い火花が身体中を駆けめぐっていくにつれ、何時間も鴇守を苛《さいな》んでいた鬼下しの苦痛がすっと鎮まっていく。

痺れていた身体に自由が戻り、混乱していた意識が明瞭になってくると、御《ぎょ》しがたい怒りがこみ上げてきた。

「……夜刀、自分で立てそう。下ろしてみて」

「え？　大丈夫なのかよ」

夜刀は驚いて心配そうに確認したが、鴇守の目に力が戻っていることを見て取り、そっと下ろしてくれた。

二本の足でちゃんと立てる。鴇守はほっと息を吐いた。

身体が軽い。目もはっきり見えるし、耳もよく聞こえる。

「大丈夫だ。声も楽に出せる」

「突然どうした。なにがどうなったんだ？」

「わからない。でも夜刀の血を舐めたら痛みが消えて、楽になった。正直、人生で一番元気な気がする。今ならなんでもできそう」

「マジでか？　俺にもよくわからねぇけど、とにかくよかった！」

夜刀は飛び跳ねんばかりに喜んで、無事な左腕で鴇守を抱き寄せた。

シャツが黒いからあまり目立たないけれど、夜刀の身体は傷だらけだ。鴇守を守るために流された大量の血に混じって、酒の匂いがぷんと鼻をついた。

背中を刺されたときに酔いが醒めたと言っていたが、この匂いでは、完全には抜けきっていないだろう。片腕まで失ってぼろぼろである。

夜刀本来の力が噴火するマグマなら、今は線香花火のようなものだ。

「夜刀こそ、どうなの？　その腕……」

「痛くねぇから心配すんな。腕さえあれば、すぐにくっつくし」

「えっ、くっつくの？」

「そりゃ、くっつくだろ。鬼なんだから」

「くっつくんだ……」

「おう」

そうだった、斬り落とされた場面がショックで頭が飛んでいたが、夜刀は鬼だったんだ、と当たり前のことを思い、くっつくならよかったと鴇守は安堵した。

「じゃあ、取り返さないとね」

鴇守は夜刀から身体を離し、周囲を見渡した。

夜刀と自分をこんな目に遭わせたものに、報復をしなければならない。

立っている鬼使いは、正規だけだった。しかし、あかつきが負傷しているので、正規は役に立たないだろう。

藤嗣は身体を半分なくしたような鬼のそばで膝をつき、足を怪我して立てない季和は、彼女の使役鬼に抱き締められていた。

二人の部下が使役していた鬼は、どちらも殺されてしまったらしく姿が見えない。茫然《ぼうぜん》とした顔が痛々しかった。

紅要は少し離れたところで地面にへたりこみ、突然元気を取り戻した鴇守を見て、唖然《あぜん》としていた。

しろたえと金剛がその両脇に控えている。

「お前、なぜ立てる。鬼下しは最低でも丸一日は地獄の苦しみがつづくのに。飲ませた量が少なかったのか」

「うるさい。黙れ」

鴇守は傲慢《ごうまん》に言って、紅要を睨みつけた。

地獄の釜で煮こまれたような強烈な怒りが全身に渦巻いていて、どうすれば紅要と彼の鬼たちを一番ひどい目に遭わせられるか、ということしか考えられなかった。

正規も言っていたが、紅要には鬼下しを飲ませる。それは決定事項だ。

ただの人間にして、三体同時に鬼を使役できるというプライドを完膚なきまでにへし折ってやったとき、つねに人を見下しているあの高慢ちきの顔はどう変わるのだろう。

楽しみでたまらない。今すぐ、実行したい。

己の欲望を堪える必要を感じなかったので、鴇守は正規に訊《たず》ねた。

「ご当主さま。鬼下しは今、お持ちでしょうか。お持ちであれば、俺にください」

「渡してどうする」

矢背家当主ともあろうものが、なにを決まりきったことを訊《き》いているのかと呆《あき》れつつ、鴇守は行儀悪く人差し指で紅要を指した。

「もちろん、この男に飲ませます。あの苦痛は身を以て知るべきです。丸一日苦しむところを観察し、鬼使いでなくなったときの絶望の顔が見てみたい」

正規がぎょっとしているのがわかったが、しゃべり始めた口は止まらなかった。

鬼使いとしても普通の人間としても、気迫に欠ける弱々しい性格の鴇守が、いきなり夜刀みたいなことを言いだしたので、さすがの当主も戸惑っているのだろう。

一時間ごとに写真も撮って状態を記録し、鬼使いが鬼下しを飲んだときの経過を示す資料にすれば、この男も矢背家のために役立つことになるのでは、という素敵な提案は心にとどめておくことにした。

夜刀は大喜びである。

「俺もそうしたいって思ってたとこだぜ！　俺の血を飲んだせいか？　俺とのシンクロ率が半端じゃねぇな。善は急げだ。おい、当主。鬼下しを持ってきてねぇなら、俺がちょっと行って取ってきて……」

「そんなもの誰が飲むか！　調子に乗るな。しろたえ、金剛、先に鴇守を始末しろ！　夜刀が弱ってるうちに、さっさとやれ！」

夜刀が最後まで言う前に、紅要が大声で叫んだ。

「下がってろ。片腕で酔っぱらってても、あんな三下に負ける俺じゃねぇ」

鴇守を庇い、夜刀が前に出た。

鬼の戦いに加勢できない鴇守は、せめてもと夜刀の後ろから顔だけを出し、しろたえと金剛を交互に睨みつけた。

鬼と目を合わせるなんて恐ろしいことは、これまでは絶対に避けていた行為だが、好戦的になっている今は、睨みつけたくてたまらなかった。

しろたえの黒い目と、金剛の緑の目を、初めてしっかりと見た。白目の部分が見当たらず、昆虫の目のようで気持ちが悪い。

鴇守の目力に気圧されたのか、二体の鬼は突っ立ったまま動こうとしなかった。

それればかりか、突然、きゅう、とも、くう、ともつかない呻《うめ》き声をあげて身体をくねらせ、なんだか照れくさそうにもじもじし始めた。

たとえるならば、初恋の人を前に恥じらう乙女のような仕草だ。

鬼たちの異様な様子に、その場にいるものたちが凍りついた。鴇守もびっくりして、夜刀の破れたシャツを摑んでしまった。

金剛が先に足を踏みだし、それに気づいたしろたえが、金剛を殴り飛ばした。

仲間割れか、と固唾《かたず》を呑《の》んで見守るなか、二体の主である紅要が怒声をあげた。

「しろたえ、なにをしている！　早く鴇守を始末しないか！」

しろたえはちらっと紅要を振り返ったが、命令に従う様子はない。相変わらずもじもじしながら、鴇守を見つめている。

夜刀の後ろに隠れている鴇守だけを。

「……はっ！　鴇守お前、目を合わせたな？　くそっ、主持ちだと思って油断した！　鴇守はどっかに隠れてろ！　こんな不細工な鬼ども、絶対に見るな、目ぇ閉じとけ！」

夜刀が慌てた様子で、鴇守の両目を左手で覆ってきた。

「気になって、見ずにはいられないよ。なんで金剛を殴ったのか、夜刀にはわかるのか？」

鴇守の口から金剛の名が漏れると、しろたえに吹っ飛ばされ、木に激突して倒れていた金剛が雄叫《おたけ》びをあげた。性懲りもなく起き上がり、また鴇守に近づいてこようとする。

岩のような肌が、どことなく赤らんでいた。もしや、この鬼は赤面しているのではないかと思ったとき、しろたえがまた金剛に飛びかかった。

憎くてたまらないように金剛に殴る蹴るの暴行を加えたしろたえは、夜刀の腕を斬り落とした鎌を摑んで、金剛の身体をざくざくと刈っていった。

力の差がある鬼同士の戦いは呆気《あっけ》ない。じきに金剛は塵になった。

しろたえは満足そうに笑い、鴇守に向かって、なぜかガッツポーズをした。力瘤《ちからこぶ》を見せ、自分の強さをアピールしているようだ。

この一連のやりとりを、鴇守は体験したことがあった。

夜刀が追い払い損ねて、鴇守の前に現れた鬼たちは、鴇守と目が合うと大抵こんな感じになる。頰《ほお》を染める勢いではにかみ、挙句の果てには力自慢を始めるのだ。

恐ろしい異形の鬼たちがくねくねと身体を捩り、木をへし折ったり、地面を殴って掘った穴を、どうだ、と言わんばかりに得意気に見せてくるのは、鬼嫌いな鴇守にとっては意味不明な行動で、恐怖しか感じなかった。

だから、泣き喚《わめ》いていたのだが、今にして思えば、鴇守に敵意を向けてきた鬼は一体もいなかった。

鴇守を傷つけたのはいつも人間で、鬼は無害な存在だった。その異様な容姿と向けられる視線を、鴇守が怖がっていただけだ。

「キモいことするんじゃねぇ！　鴇守の目が腐っちまうだろうが！　消えろ、今すぐ消えろ！　っていうか、消してやる！　鴇守はあっち向いてろ、いいな！」

がなりたてる夜刀のうろたえぶりが、頭に浮かんだある可能性を鴇守に確信させた。

「しろたえ」

試しに名前を呼んでみる。

しろたえは黒い目を輝かせて身悶《みもだ》えた。名前を呼んでもらえたことが、嬉《うれ》しくてたまらないらしい。

金剛に対して怒ったのは、しろたえより先に鴇守が金剛の名を口にしたからだろう。

「し、しろたえ……？」

呆然とした紅要の声にはもはや、反応すらしない。

夜刀を気にしながら、しろたえが一歩一歩鴇守のほうへ近づいてきて、三メートルほど距離を取って地面に片膝をついた。

「まさか……」

正規も気づいたようだ。

「鴇守さま、契約を。俺、役に立つ。鴇守さま、鴇守さま」

ガラスを引っ掻いたようなひび割れたしろたえの声が、空気を震わせた。

やはり、鬼たちは鴇守に使役されることを望んでいたのだ。もじもじもくねくねも力自慢も、すべては鴇守に自分を選んでもらいたいがためのアピールだった。

しろたえは自ら指先を傷つけ、溢れる血を鴇守に差しだしてきた。

それを鴇守が口に入れれば、野合契約が成立し、しろたえは鴇守の使役鬼になる。鬼が自ら跪いて乞われもしない忠誠を捧げようとするのは、初代鬼使い、矢背秀守《ひでもり》のみだったと言われている。

不世出の才は千年の時を超えて、鴇守によみがえっていた。鴇守はおそらく、その気になれば三体どころか、いくらでも鬼を使役に下すことができる。

「てめぇ！」

「待って！」

激怒した夜刀がしろたえに飛びかかろうとするのを、鴇守はすんでのところで止めた。シャツの裾《すそ》を摑んだだけだが、夜刀の素早い動きを止めるなんて、いつもの鈍くさい鴇守なら無理だった。

夜刀の血の効果はつづいている。気力体力ともに充分だ。

「少し待って、夜刀。俺はこの鬼に用事がある。しろたえ、お前が斬り落として小鬼が持ち去った夜刀の腕を、今すぐ取り戻してこい」

「承知」

契約をしていないのに従順に頷き、しろたえは足から地面に沈んで消えた。

くるっと振り返った夜刀が、鴇守の肩を摑んで揺すった。つり上がった目が血走っていて、尋常ではない。

「と、鴇守、なんで命令なんかしたんだ。お前が俺以外の鬼を使うなんて、こんなの……こんなの浮気じゃねぇか！　俺というものがありながら！　まさか、あんなやつと契約したりしないよな？　俺にはお前だけなのに」

鴇守は夜刀の肘から先のない腕を優しく撫《な》で、微笑《ほほえ》んだ。

「夜刀、勘違いするな。お前以外の鬼を持つつもりはないよ。あいつはお前の腕を斬り落とした。持ち去った小鬼だってあいつの眷族なんだから、あいつがお前の腕を取り戻してくるのは当たり前のことだ。そうだろう？」

「自分の腕くらい、自分で見つける！　くそっ、俺の目の前で堂々と浮気しやがって！」

「浮気じゃないってば。ただの使い走りだよ。夜刀があいつ以上の強い力を持った鬼だってことは、よくわかってる。だけど、奪われたものは奪ったやつが返しに来て、ごめんなさいと謝るのがけじめだと思う」

「謝ったって、俺は許さねぇぞ！」

「俺だって許さないよ」

「お前が許しても……って、あれ？　許さない、のか？」

喚きたてて鴇守を責めようとしていた夜刀は、肩透かしを食らって首を傾げた。

許すと思われていたことに、鴇守はむっとした。夜刀の腕が斬り落とされた瞬間の光景は、一生忘れられないだろう。

「許すわけないだろ。お前こそ俺を見くびるなよ、夜刀。俺はこう見えてすごく怒ってるし、恨んでるし、根に持つタイプだ。俺の鬼を傷つけておいて、俺と契約したいとか、ありえない。だいたい今跪くくらいなら、どうして最初からやらないんだ。そしたら、こんなに悲惨なことにはならなかったのに……」

「鬼もそこまで現金ではないのだ」

正規の声が割って入った。

鴇守のそばに歩み寄ってくるが、片目で距離感が摑みにくいのか、足の運びは遅い。

立てないあかつきが心配そうに、それを見守っている。使役鬼とは、かくあるべきだと鴇守は思う。

「主を持つ鬼は主への愛情があるから、そう簡単にべつの鬼使いに鞍替《くらが》えはしない。べつの鬼使いが、鬼下しを飲んで苦しんでいるときならなおさらだ。だが、お前が元気を取り戻したのと、紅要がお前を攻撃しろと命令したのが、引き金になったんだろう。今のお前には、鬼に鞍替えさせるに相応の凛然とした気迫がある」

「簡単に主を変える尻軽の鬼は、鴇守には相応《ふさわ》しくねぇ！」

夜刀が嚙みつくと、正規はわずかに苦笑した。

「それもそうだな。……紅要を拘束しろ。やつの鬼はもういない。動けるものは、あかつきの脚を探してくれ」

ようやく終わりが見えてほっとしたのか、藤嗣たちが当主の命令に従って動きだした。

紅要はしろたえの裏切りを目の当たりにして茫然《ぼうぜん》自失の状態で、抵抗も見せなかった。

野合とはいえ、お互いに気に入って契約を結んだはずの使役鬼が、自分を無視し、鴇守に跪いて血を差しだす光景は、鬼使いとしてこれ以上はない悪夢に違いない。

夜刀がそんなことをしたら、と考えるだけで、鴇守は恐ろしかった。

だから、鴇守も夜刀以外の鬼を使役に下したりはしない。

ゴボッと地面が盛り上がり、しろたえが夜刀の腕を持って戻ってきた。

「待たせた、腕。はい」

しろたえは鴇守に直接腕を渡そうとしたが、夜刀がそんなことを許すはずがない。

「鴇守に近寄んな！　こりゃ、俺の腕だろうが。さっさと寄こしやがれ。チッ、ところどころ齧《かじ》られてやがる。汚ねぇなぁ」

夜刀はいやそうに言いながら、左手で腕を持ち、右腕の先に切断面を張り合わせた。

十秒ほど経ってから左手を離す。右腕はくっついていた。ぐーぱーぐーぱーと指先を閉じたり開いたりしているので、動きにも問題ないようだ。

「……ほんとにくっついた」

「信じてなかったのかよ。まぁ、どこの鬼にでもできる芸当じゃねぇ。俺はそんじょそこらの鬼とは違う。特別な力を持った鬼なんだ。だから、絶対に浮気すんなよ、鴇守」

鴇守が見たい、鴇守と話したい、鴇守に使役されたい、と全身で訴えかけているしろたえの目から、夜刀が鉄壁の防御で鴇守を隠している。

喧嘩腰《けんかごし》の夜刀に触発されたのか、もじもじしていたしろたえの顔つきが、次第に苛立《いらだ》ったものへと変わってきた。

「お前、邪魔。鴇守さま、見えない」

「ああ？　見せねぇようにしてんだよ、この尻軽が！」

二体ともが臨戦態勢になっている。

威勢はいいものの、夜刀の力は戻っていないから、しろたえと戦って勝てるかどうかわからない。

戦う前になんとか止めたくて、鴇守は考えた。

たとえばしろたえに、お前と契約はしない、おとなしく六道の辻へ帰って、今後は姿を見せるなと命じたら、言うことを聞くのだろうか。

やってみなければわからないが、試してみる価値はあるかもしれない。自主的に帰ってくれれば万々歳である。

駄目もとで鴇守が命じようとしたとき、紅要が絶叫した。

「しろたえ！　鴇守を殺せ！　俺の言うことが聞けないのか！　命令に従え、しろたえ！　鴇守を食ってしまえ！」

しろたえの黒い目に、凶暴で不吉ななにかが宿った。

「……っ」

夜刀が鴇守を庇いながら、身構える。

しかし、しろたえが一足飛びに向かったのは、紅要のところだった。

「うわぁ……っ！　逃げろっ」

拘束した紅要についていた部下たちが、悲鳴をあげて逃げ去っていく。

たった一人、残された紅要の喉笛に、しろたえは嚙みついていた。紅要の首があるまじき方向へ曲がっている。

紅要が絶命しているのは明らかだった。

しんとして、声を発するものは誰もいなかった。使役鬼に裏切られた挙句に、殺されてしまった哀れな鬼使いの末路を、黙って見ているしかない。

やがて、誰もが耳にしたくない音が、しじまに響き始めた。血を啜《すす》り、肉を引きちぎり、咀《そ》嚼《しゃく》する音である。

「見るな」

夜刀が吐息のような声で囁《ささや》いて、鴇守を胸に抱き締めて視界を閉ざした。

耳もふさいでしまいたかった。この世でもっとも醜く、人間が嫌悪を抱く音だろう。けれど、聞かなければならないという責任も感じた。

鬼使いはどういう存在と契約を結び、使役しているのか、知りたくない部分から目を逸らさず、すべてをきちんと認識しておくべきだ。

鬼は人の血肉を好んで食らうもの。相思相愛の主でさえ、例外ではない。愛するあまりに食い殺し、愛が失《う》せても食い殺す。

矢背家には鬼封珠や千代丸《ちよまる》など、鬼を支配するための秘蔵の道具が揃《そろ》っているが、いざというとき、そんなものはなんの役にも立たない。

鬼がその気になれば、一瞬で終わる。

誰かが、少なくとも二人、耐えきれずに嘔吐《おうと》する音が聞こえた。

紅要を食い尽くしたしろたえは、どうするのだろう。また鴇守のところにやってきて、契約を迫られるのかと考えると、鴇守も吐きそうになった。

報酬である人間を貪《むさぼ》るのは使役鬼に与えられた権利だが、主殺しは許容できない。しろたえを野放しにしておくわけにはいかなかった。

鴇守は夜刀を見上げた。

「夜刀、俺の血を飲んだら、お前の酔いは醒めるか?」

「醒める」

鬼は人の血肉を食らうと力が増す。このことを今まで思いつかなかった自分の間抜けさに腹が立つ。だが、今さらだった。

「なら、飲め。力を取り戻して、しろたえを始末しろ」

「おう。……ちょっとチクッとするけど、我慢な。すぐすむから。ほんのちょっぴり飲むだけだ。貧血にもならないから」

夜刀はくどくど言いながら、鴇守の首筋に顔を埋めた。

消毒でもするように嚙みつく部分を舌でべろりと舐めまわされたあと、チクッとした痛みを感じた。

牙《きば》が肌を突き破っている。溢れだす血を啜られている。背筋がぞくりとしたが、気分が悪くなるほどではない。

夜刀はほんの三口ほど飲んだだけで、牙を抜いた。

仕上げにまた、ぺろんと舌で舐められる。夜刀が離れたあと、指先で肌を探ってみたが、傷跡はなかった。

「うまかった。ありがとな」

夜刀の声はしっかりしていて、息にも酒の臭気は感じない。

風船が膨らむように、夜刀が持つ力がどんどん大きくなっていくのがわかる。爆発するんじゃないかと思ったとき、夜刀の身体が強く光った。

「……っ」

突風が吹いて、鴇守は腕で顔を覆った。

風が収まり、腕をずらして見た夜刀は、彼本来の力を取り戻していた。

ぼろぼろだった黒い服の上下は、燃え尽きた灰となって地面に落ちており、馴染《なじ》みのある虎柄の腰巻ひとつを身につけている。

浅黒い肌には傷ひとつなく、朝日に照らされて滑らかに輝き、とても美しい。

手足の爪は獣の爪のように伸びて鋭く尖《とが》り、頭には長く白い角が生えていた。金の瞳は力を湛え、にっと歪んだ口元には恐ろしげな牙もある。

左手に夜刀の身長ほどもありそうな大太刀《おおたち》を握り、どっしりと立つその姿は神々しいほどだった。

「おお……っ」

その場にいた鬼使いたちの、感嘆の声が聞こえた。

鬼使いなら誰だって、こんな鬼を使役してみたいと思うだろう。

だが、これはすべて鴇守のものなのだ。鴇守を守り、鴇守の命令しか聞かない、鴇守だけの可愛い鬼だ。

食事に勤《いそ》しんでいたしろたえが、夜刀の力を感じ取ったのか、おそるおそるこちらを振り返っている。

口も手も白い髪まで、血塗れだった。紅要だったものは地面に崩れ落ち、もはや痕跡をとどめていない。

人を食ったぶんだけ、しろたえの力も増している。

鴇守は命じた。

「夜刀、行け」

「承知」

夜刀は一蹴りでしろたえの前に躍りでると、目にも止まらない速さで鞘《さや》から太刀を抜き、斬りつけた。

袈裟《けさ》斬《ぎ》りに真っ二つにされたしろたえは絶命し、ほかの鬼たち同様、塵となった。

残ったのは、使役鬼に裏切られた鬼使いの残骸だけだった。

11

その日の昼過ぎ、鴇守と夜刀は都内のワンルームマンションに帰ってきた。

昨夜に紅要が来てから丸一日も経っていないのに、やけに懐かしく感じる。それだけ、あの山中での出来事が濃すぎたのだ。

本当にいろんなことが起こった。

昨夜は生きていた紅要はもういない。この世のどこにも。

現場の後始末は本家から支援にやってきたものたちに任せ、鴇守と夜刀は自宅に戻って待機せよと命じたのは、正規だった。

話し合わなければならないことはたくさんあるが、片目を失った正規も含め、怪我人の治療と、傷ついた使役鬼たちのケアもあるため、状況が落ち着いてから後日改めて連絡を入れると言われている。

十年に及ぶ懸念が取り払われた正規の顔は、疲弊していながらも、すっきりしていたように見えた。

鴇守はスーツの上着を脱ぎ、ネクタイを外した。埃だらけの床でのたうちまわっていたので、服も髪も汚れて気持ちが悪い。

「鴇守、疲れたか。一睡もしてないし、ちょっと休んだほうがいい」

夜刀が気遣わしげに言った。

マンションまでは本家が出してくれた車に乗って帰ってきたのだが、夜刀はそのときから人間の姿に可視化して堂々と鴇守と一緒に乗りこみ、鴇守にまとわりついて離れない。

気に入ったのか、新しく身にまとったシャツとジーンズは真っ黒だった。鴇守は埃まみれなのに、悔しいほどに格好がいい。

調子に乗るから、言わないけれど。

「いや、大丈夫だ。先に汚れを落としたい。それに、お腹も空いてるんだ。とりあえず俺はシャワーを浴びてくるから、その間に夜刀がなにか作っておいてくれたら助かる」

「よっしゃ、任せとけ」

基本的に鴇守に頼りにされるのが嬉しい夜刀は、二つ返事で引き受けてくれた。

用事を言いつけておかないと、俺も一緒にシャワーを浴びたいとか、鴇守を洗いたいとか言いだすに決まっている。それを避けるための、鴇守の作戦だとは気づいていないようだ。

可愛い鬼である。

鴇守は脱衣所で手早く服を脱いでバスルームに入り、シャワーで身体を流した。砂や小石でざらざらしている髪は、念入りに二回洗う。

身体が綺麗《きれい》になると、気分もさっぱりした。

どこにも出かける予定はないから、パジャマにしているTシャツにイージーパンツを穿《は》いた。髪を拭いたタオルを肩にかけて脱衣所を出る。

キッチンスペースのそばのテーブルの上には、夜刀が用意した料理が並んでいた。

「お、出てきたか。ちょうどいいぜ。卵が焼けた」

夜刀が料理をするようになったのは、当然ながら大きくなってからである。小鬼のときから、鴇守と並んで一緒に作ってみたかったらしい。

鬼は人間の食事を必要としないけれど、食べられないわけではない。二人で作り、二人でつつく食事は美味《おい》しかった。

自炊する鴇守を観察していた夜刀の手際は、思った以上によかった。

今も、鴇守がシャワーを浴びている短い時間に、冷蔵庫で余っていた野菜を使ったスープを作り、チーズの入ったオムレツ、カリカリに焼いたベーコン、温めたパンを皿に綺麗に盛りつけている。朝食のようなメニューだが、朝食を食べていないのでちょうどいい。

「ありがとう。いただきます」

テーブルを挟んで向かい合わせで腰かけ、二人は食べ始めた。夜刀の焼いたオムレツは鴇守が焼くよりも上手だ。

あっという間にたいらげ、夜刀が淹《い》れてくれたコーヒーを飲む。日常に帰ってきた、という感じがした。

しかし、数時間前に目にした血みどろの光景は、そう簡単には薄れない。

「やっぱり疲れてるんだろ？　少しだけでも寝たらどうだ？」

知らずにため息をついた鴇守を、夜刀は休ませようとした。

「うーん、それほど疲れてないし、眠くもないんだ。あんな場面を見たあとなのに、食欲もあったし。昔、契約でお前の血を飲んだときも、こんなふうになったのを思いだしたよ。あのときは三日ほどで治ったけど。お前の血には、俺を活性化させるなにかがあるのかな」

「さぁ。俺はお前以外に俺の血を飲ませたことがないから、わかんねぇよ。また当主と話をするときに訊いてみたらどうだ？」

夜刀はまったく心当たりがなさそうだった。

鬼の血を飲んで鬼使いが変調を来《きた》すという事例を鴇守は知らないが、矢背家の長い歴史の記録には残っているかもしれない。

「そうだな。でも、鬼下しの効力が消えてよかった。あの男は矢背家が厳重に保管してる鬼下しや鬼封珠をどうやって手に入れたんだろう」

「あの白い鬼に盗ませたんだろ。京都《きょうと》に契約しに行ったときに蔵を覗いてみたんだが、俺なら余裕でいけると思ったな。白いのでもギリギリいけただろう」

「えっ、どこになにがあるか、夜刀は知ってるのか？」

夜刀は特別なことなどなにもなさそうに頷いた。

「ああ。大事なものは京都の旧屋敷にある蔵に、厳重に保管してあったぜ。こっちの屋敷にはたいしたもんは置いてねぇ」

鴇守は夜刀をまじまじと見つめた。

矢背家の秘宝や秘薬がどこに保管されているか、知っているのは当主とその側近たち、数にして十名足らずだと言われていて、鴇守だってもちろん教えてもらっていない。

「なんでわかるんだ？　探しに行ったとか？」

「べつにわざわざ探しゃしねぇけど、ああいうのが保管されるとこは、護符やら結界やらですごいことになってて誰も近寄れないから、かえってわかっちまうんだよ。ああ、あのあたりになにかあるんだなって」

「そんなこと、一言も俺に言わなかったくせに」

「言えるわけねぇだろ。小鬼の俺がそんなことを知ってちゃ、まずいじゃねぇか。それにお前はそういうのに興味なかったし」

夜刀の小賢《こざか》しい言い訳を、鴇守は別方向へ転換させた。

「たしかに、蔵にも秘宝にも秘薬にも興味はなかったけど、それ以上に気にしてることはあったよ。なんで俺に鬼たちが寄ってくるのかってこと。お前、知ってたんだな？　目を合わせるなとか、主持ちだから油断したとかって、慌てて叫んでたもんな？」

「……」

夜刀はばつが悪そうに苦笑いして、片手で頭を掻いた。

「お前が赤ん坊の俺に近づいたのも、そのせいか？　俺から、鬼に好かれるような特別な匂いがしてるとか？」

「匂いとか、よくわかんねぇよ。特別なものは感じない。いや、鴇守はいつでもいい匂いがして俺の特別だって感じてるけど、それとは違うよな。でも、なんか磁石みたいに引き寄せられて、惹きつけられるんだ。そんなのは俺だけかと、最初は俺も呑気《のんき》に思ってたが、そうじゃないことに気がついた。お前の引力はどの鬼に対しても有効だった」

鴇守は夜刀を睨んだ。

「なんで俺に教えてくれなかったんだよ。鬼はただ、俺と契約したいだけで、俺を脅かしに来てるわけじゃないって。集まってくる鬼たちに食べられてしまうんじゃないかって、俺がずっと不安がってたこと、知ってただろう？」

「知ってたけど、言いたくなかった」

「どうして。俺が怖がって泣いてても平気だったのか、夜刀は」

わざと責める言い方をすると、夜刀は気色《けしき》ばんだ。

「平気じゃねぇよ！　可哀想だと思ってた。でもよ、お前は俺のものだ。よその鬼がお前に吸い寄せられて隙あらば忠誠を誓おうとするのを見るのさえ不愉快なのに、お前がそれを知ってるとか、我慢できねぇよ」

「俺がお前以外の鬼を持つと思ったのか?」

「そんなこと思わねぇし、俺が許さねぇよ。事実を知らなかったら、お前は怯えるだけだが、知ってたら、べつの対処法を取るだろう。よその鬼に、ごめんなさいとか、つき合えないとか、違う鬼使いを選んでくれとか、そんな言葉をお前がかけるなんて、俺には耐えられねぇ! 絶対に、なにがあろうとも! 俺はお前が好きなんだ。俺以外の鬼に毛一本ほどの注意も向けてほしくない」

夜刀は拳を握って力説した。

鴇守を好きだと言いながら、自分の嫉妬心《しっとしん》のために、鴇守の恐怖を減らしもせずに放っておいて、悪びれてもいない。

真《ま》っ直《す》ぐに鴇守を見返す夜刀は、文句があるなら言ってみろと言わんばかりだ。

ここまで堂々とされると、怒る気も失せた。そもそも、夜刀が隠していたことについて、鴇守はべつに怒ってはいない。

夜刀が隠そうが隠すまいが、鴇守に集まる鬼の数が減ることはなかっただろうし、鴇守は夜刀以外の鬼を可愛いとは思えず、やはり怖がって逃げるはめになっただろう。

それに、そのことが勝元《かつもと》にばれたら、本家に報告されていたはずだ。

鴇守が初代の異能を受け継いだと悟った正規は、鴇守を連れ去り、次期当主の教育を無理やり受けさせたに違いない。

今以上に甘ったれだった十代の鴇守に、耐えられるとは思えない。

この年まで、鴇守が矢背家の重い責任と義務から遠い場所で生きてこられたのは、夜刀のおかげだと言える。

今後はどうなるかわからないが、鴇守ももう二十一歳である。逃げてばかりではなく、自分の人生について深く考えなければならない。

先行きは不安ばかりで怖いけれど、鴇守には夜刀がいる。

「ありがとう、夜刀」

「えっ」

雷を落とされると思っていたのか、夜刀は鳩が豆鉄砲を食ったような顔をした。

「お前が焼きもち焼きだったおかげで、俺は今まで平和に生きてこられた。苛《いじ》められてつらい思いもしたけど、矢背家の当主の重責に比べたら、河童《かっぱ》の屁《へ》みたいなものだ」

「当主になるつもりか？」

「わからない。なりたいとは思わない。でも、断るにしてもじっくり考えて、ご当主さまが納得できるように話さないと駄目だろうな」

「お前が矢背家から逃げたいなら、俺は協力するぜ。紅要の野郎だって、十年逃げたんだ。俺となら鬼に金棒だろ。二人で逃げるか？　お前一人くらい、俺が食わせてやる。贅沢《ぜいたく》して、遊んで、毎日楽しく笑って暮らそうぜ」

鴇守は矢背家を離れた自分を想像してみた。

詳細を教えられずに誰かを救い、そして誰かを傷つける仕事はもうしなくてすむ。罪悪感に駆られることもない。

困難はすべて、夜刀が片づけてくれるだろう。鴇守はただ守られて、苦労も苦痛も知らずに生きる。

仕事を始める前なら、抗《あらが》いがたい魅力を感じ、夜刀とともに出奔《しゅっぽん》したかもしれない。

だが、十五歳から六年間、鴇守は矢背家の駒《こま》だった。小さいとはいえ、数えきれないほどの仕事を夜刀とこなした。

人員不足が嘆かれる矢背家において、鴇守と夜刀に振りわけられる仕事は今後も増えていくと思われる。

鬼使いである以上、逃げてもきっと、捨ててきたものが気になって立ち止まってしまう。

矢背家から本当の意味で解き放たれるには、鬼下しを飲むしかない。

逃げるとも逃げないとも答えず、鴇守は夜刀を見上げて訊ねた。

「夜刀。もし、俺が鬼使いでなくなってたら、どうしてた？」

「なにも変わらねぇ」

「俺が初代の異能を引き継いだ鬼使いだから、お前は俺のところに引き寄せられたんだろう？その力がなくなるんだ。ちょっと考えてみてよ」

「最初は引力でも、もう二十一年も一緒にいるんだぞ。鬼使いかそうでないかなんて、関係ねぇよ。俺はお前の命令ならなんだって聞くし、お前の希望ならなんだって叶える。でも、俺を捨てるとか俺と別れるとか俺以外と浮気するとか、そういうのは絶対に認めない。お前でも許さない。お前が命令しても、泣いて頼んでも、絶対に駄目だ」

「……くっ」

鴇守は笑いを堪えられなかった。

主の命令に従わないなんて、使役鬼の風上にも置けないのに、自分勝手な夜刀が可愛くてたまらない。

「なにがおかしいんだよ。冗談で言ってるんじゃねぇぞ。お前はもう俺から離れられないんだからな、一生」

夜刀が真剣な顔をすればするほど、鴇守は笑ってしまう。そこまで求められていることが嬉しかった。

夜刀の想いは一方通行ではない。

「俺だって、お前を離したくないよ。今回のことで、俺も思い知った。鬼使いでなくなっても、お前と一緒にいたい。お前が俺以外の鬼使いに下って使役されるのはいやだ。お前は俺の鬼だ。お前となら、矢背の鬼使いとして、もう少し頑張ってみようかなって思える。お前が俺の鬼でよかった」

感極まったみたいに夜刀が椅子《いす》から立ち、鴇守のところまで来て抱き締めた。

鴇守も両腕を夜刀の腰にまわして抱き返す。

「俺は鴇守が好きだ。鴇守は？」

「……俺も好きだよ、夜刀」

言葉にするのは照れくさかった。

でも、これが本当の気持ちだ。片腕を斬り落とされても、血で汚れた鴇守のことしか心配していなかった、あの慌てっぷりを思い出すと、心が温かくなる。

鴇守は夜刀の胸元に額を擦りつけた。心臓の音は聞こえない。

夜刀が大きくなってから、鴇守はそのことに気がついた。それまでは気にしたこともなかったのだ。

不思議ではあるが、無音の胸にも慣れてしまった。鴇守は物心ついたときから、誰かの鼓動に包まれて癒された経験がない。

夜刀の身体は温かく、ここは鴇守が一番安全でいられる場所だ。

「鴇守、好きだ……。もっと鴇守に触りたい、キスしたい。お前を可愛がりたい」

鴇守の髪に鼻先を埋めていた夜刀が、苦しげに囁いた。

ドクンと、鴇守の胸が脈打った。

密着している肉体を意識してほんの少し身を捩れば、夜刀はいっそう強く抱き締めてきた。もう、逃がすつもりはないと言わんばかりに。

鴇守も触ってほしいと思ってしまった。小鬼のいたずらと自慰しか知らない身体を、大きな夜刀の手で可愛がってもらいたい。

手だけでなく、口や舌を使ってくれてもいいけれど。

「……んっ」

セックスを想像しただけで、鴇守は甘い吐息を漏らした。

気が早いとからかわれるかと思ったのに、夜刀は息を呑んで固まったあと、鴇守を抱き上げてベッドに運んだ。

「くそっ、たまんねぇ、色っぺぇ！　お前を俺のものにしてやる！」

「……いいよ、夜刀のものにして」

言い終えると同時に、唇を奪われた。

大きな夜刀とする初めてのキスだ。ファーストキスと言ってもいいくらいなのに、夜刀はいつもと同じように求めてきた。

上唇を舐め、下唇を吸い、軽く開いた唇の間から夜刀の舌が口内に入りこんでくる。

歯の裏側や上顎《うわあご》をねっとりと舐めまわされて、鴇守もおずおずと舌先を伸ばしてみた。触れ合った舌はすぐに搦《から》め捕《と》られ、甘く吸い上げられる。

「ん、ん……っ」

鴇守の喉が鳴った。息苦しさで身体がいきむのに、同時に力が抜けていくような、不思議な感覚に包まれていた。

本来の大きさを取り戻した舌は、喉のほうまで届いて口腔《こうこう》をくまなく探ってくる。溜まってきた唾液をこくんと飲んだとき、夜刀の舌を吸う形になってしまい、その柔らかさと弾力、今までにはなかった存在感に鴇守は驚いた。

ベッドに座ったまま口づけていたが、夜刀に押されるがまま、仰向《あおむ》けに倒れる。

二人は舌同士を尖らせて引っかけ合ったり、力を抜いて表面を擦り合わせたり、好奇心に駆られてさまざまな動きを堪能した。

長いキスが終わると、夜刀が上から見下ろしていた。人間仕様に変更していた黒い瞳が金色に戻って輝き、燃えるような欲望が滾《たぎ》っているのがわかる。

夜刀は鴇守のTシャツをまくり上げた。

平らな胸には小さな乳首が二つ、ぽつんとあるだけだ。小鬼の夜刀に、何度も弄《いじ》られたことがある。

「お前のここ、綺麗な色してるよな。鴇色、お前の名前と同じ色だ」

「……」

恥ずかしくなって、鴇守は目を伏せた。

くすぐったいだけでなく、そこはすでに仄《ほの》かな快感まで得られるようになっている。弄られたら、即座に硬くなって尖ってしまうだろう。

夜刀の顔が胸元に下がってきた。

「やっと味わえる。思いっきり舐めて、吸って……」

言葉の途中で、いきなり左側の乳首にしゃぶりつかれた。しょっぱなから思いきり吸い上げられ、舌先でねぶられてしまう。

「あうっ」

身体をびくんっと跳ねさせて、鴇守は低く呻いた。

夜刀は丹念に左を吸い尽くし、右に移った。唾液で濡れた左の突起を指で摘《つま》まれると、電流が走ったみたいになった。

「あっ、あっ、夜刀……っ」

尖りきったそれをくにくにと揉《も》みつぶされ、根元を揺らされる。

腰がずんと重くなった。ここまで気持ちよくなるなんて、思いもしなかった。これがセックスの前戯というものなのだ。

指と舌はときどき入れ替わり、鴇守の胸元は唾液でべとべとになった。

ささやかな突起を指先で細かく弾かれながら、もう片方を舌で捏《こ》ねまわされ、鴇守は頭をシーツに擦りつけて喘《あえ》いだ。

「んんっ、やっ、あ……！　か、噛まないで……っ」

そう頼んだのに、夜刀はわざと歯で挟んで甘噛みしてくる。挟まれた乳首の先だけを舌で軽やかに、素早く擦られるともうたまらない。

「ああ……っ、やっ、それっ、やだ……ぁ」

弄られつづけた乳首の先が痺れたようになってきて、鴇守は啜り泣きながら夜刀の髪を摑み、胸元から押《お》し退《の》けた。

夜刀は逆らわずに乳首から口を離した。

「いい色になった。薄いのもいいけど、赤く濃くなったのもエロくていい」

左右の乳首を見比べて、夜刀が満足そうに言う。

鴇守も頭をもたげて目をやると、本格的な愛撫《あいぶ》を加えられた乳首は、自分でも見たことがないほど真っ赤に染まり、生意気なまでにツンと尖って突きだしている。

「……あ」

いやらしい形と色に興奮を煽《あお》られ、無意識に腰をくねらせてしまう。乳首への刺激で、イージーパンツの股間《こかん》が盛り上がっていた。

「そうだ。こっちも触ってやらないとな」

夜刀は猫撫で声で囁き、イージーパンツをするりと脱がせた。ボクサーパンツの上から性器の形をなぞられて、下腹がわななないた。

布越しの指の卑猥《ひわい》な動きが、それに直接触れられたときのことを連想させ、期待が高まっていく。

夜刀が下着を下ろし始めた。

「あ、ん……っ」

ウエストのゴムが性器に引っかかって、甘い声が出た。

「勢いよく飛びだしたな。もう、こんなになっちまって。乳首がよかったのか？　濡《ぬ》れ濡れじゃねぇか。可愛いなぁ……」

実況中継されて、鴇守は赤面した。

乳首への刺激がもとで、すっかり勃起《ぼっき》してしまったそれを見られるのは、いくら夜刀でも恥ずかしい。

零れた先走りが幹まで濡らしている鴇守の陰茎を、夜刀がそっと手で握った。力を入れたり抜いたりして感触を確かめてから、ゆっくりと扱《しご》き始める。

「んんっ！」

鴇守の顎が上がった。

見ていられなくて、目を閉じる。大きな手が幹を擦るたびに、腰がうねった。力加減が絶妙だった。

自分の手でもっと激しく擦っても、これほど感じることはない。

上下に扱く手はそのままに、もう一方の手が先端を覆い、手のひらに押しつけるようにくるくるとまわされた。

「あーっ！」

強い愉悦に襲われて、鴇守は背筋を反らした。閉じた目が衝撃で開き、両脚に力が入ってシーツにかかとが埋まる。

「先っちょ、好きなんだろ？」

夜刀の指先が、先端の小さな孔を撫でた。

「……ひっ！」

ぞくっとして、うなじの毛が逆立った。あまりに感じすぎて、少し出してしまったかもしれない。

たしかに、鴇守はそこを弄るのが好きだ。自慰のときも必ず弄るし、弄ればすぐに達してしまう。

だが、それを夜刀がどうして知っているのだろう。夜刀の指も、鴇守が自分でするときそっくりに動いている。

「ここも、好きだよな？」

指で作った輪っかが、括《くび》れを擦り上げた。

「やっ、ん……っ！」

一気に高まった射精感に、鴇守は奥歯を噛み締めた。

鴇守の自慰の場所は基本的にバスルームだ。覗くなと夜刀に命じ、覗いていないと信じて、声を殺してはしたない行為にひっそりと耽《ふけ》る。

夜刀は命令を聞かず、鴇守が自分で慰めているところを覗いていたのだろうか。

鴇守の癖や、好きな指の動かし方をじっと観察し、いつか鴇守にしてやろうと虎視眈々《こしたんたん》と狙っていたのか。

「くうぅ……っ」

腰が上下に動くのを、止められなかった。

隠しておきたい行為を盗み見されたなんて、耐えがたい恥辱であるはずなのに、それすら愉悦に変換されていく。

「いやらしい顔だ。俺がそんな顔をさせて、俺の手でお前をいかせてやりたいって、ずっと思ってた」

「あ、んっ、も……、い、いっちゃう……っ」

「いいぞ。お前が出すところ、俺に見せてくれ」

夜刀の指の動きが激しくなった。

先端の孔ばかりに集中し、押し当てられた指の腹で軽く叩かれたり撫でられたりして、鴇守はのたうった。

「んっ、んー……っ！」

追い上げられるまま、全身を強張らせて絶頂に達する。執拗《しつよう》に苛められた敏感な孔から、精液が噴きだした。二度、三度と震えながら射精するところを、夜刀が食い入るように見つめている。

下腹部に渦巻いていた熱いものを出しきった鴇守は、ぼうっと天井を見ていた。荒い呼吸が落ち着いたら、この覗き魔の嘘つき鬼め、と罵《ののし》ってやるつもりだったのに、鴇守の口から出たのは甘い嬌声《きょうせい》だった。

達したばかりの性器を、夜刀がさらに扱き始めたのだ。

「ああっ、待って、夜刀……！　つづけてなんて、無理……っ」

「無理じゃねぇよ。何度だっていかせてやる。今度は口でな」

大きく開いた夜刀の口が、絶頂の余韻も冷めやらぬ陰茎をぱくりと呑みこんだ。

「え……、や、ああ……っ！」

初めて体験する熱く濡れた感触に、鴇守は声をあげてよがった。

夜刀は幹に付着している精液を舌で舐め取り、括れの段差も丁寧になぞって綺麗にしている。先端を唇に含み、幹を下から上に絞り上げながら、残滓《ざんし》をちゅるると吸い上げる仕草は、情熱的というより献身的だ。

「はっ、うぅっ……」

鴇守自身はすぐに硬さを取り戻した。そもそも射精後に萎《な》えていたのかどうかも、よくわからない。

陰茎を人に舐めてもらうというのは、言葉では言い表せないほどの快感である。吸われたり

すると、腰だけでなく身体全体が跳ねてしまって、じっとしていられない。

「んっ、ふぅ、ん……」

夜刀は舌でも、鴇守の先端の孔を責めてきた。とろとろと溢れる先走りを、尖らせた舌先で

こそぐようにして拭われる。

「や、だめ……っ、やと、やと……っ、いく……！」

舌足らずに限界を訴えれば、夜刀は口を窄《すぼ》めて摩擦の力を強くし、唇で上下に扱いた。

少しでも長く堪えようとしたが、無駄だった。

「……うぅ、や……、あーっ！」

声をあげ、二度目とは思えないほど勢いのある精液を、鴇守は夜刀の喉に放った。

放出が終わっても夜刀は口を離さず、力を失っていく陰茎をしつこくしゃぶっている。精液

はおそらく、飲んでしまったのだろう。

鴇守はシーツを摑んでいた指を開き、夜刀の髪に差しこんでゆるく搔きまわした。

ぬるま湯に浸かっているような気だるい快感がつづいていて、このまま目を閉じたら気持ち

よく眠れそうだなと思う。

鴇守が漂わせる不穏な空気を読んだのか、ちゅぱっと音を立てて、ようやく夜刀が顔を離した。

「うまかった。最高に。お前の味が知りたかったから嬉しい」

「……」

返事のしようがなくて、鴇守は顎を少しだけ下げた。

「鴇守はいつも一人でやっちまうから、もったいなくてしょうがなかった。俺とするほうが気持ちいいって、わかっただろ？」

眠気に誘惑されていた鴇守の目が、かっと開いた。

「そうだ！　お前、覗いてたな！」

「風呂で鴇守が一人で扱いてるところか？　おう」

「おう、ってなんだ、偉そうに。覗くなって、俺は毎回言ってるよな？」

「我慢できねぇよ。それにこっそり覗くのって、大変なんだぞ。お前が気持ちよさそうにしてるのに触ってやれねぇし、精液だって流しちまうし、もったいないやらもどかしいやらで、俺だってつらかったんだ。俺がドアの向こうにいるのに、一人で気持ちよくなって終わるなんてお前はひどいやつだった」

「……！」

これほどまでに厚かましい逆切れがあろうとは。

呆気に取られた鴇守が言葉を失っているうちに、夜刀は鴇守の首元にまくれ上がっていたTシャツを、手際よく脱がせて全裸にした。

「これからは全部俺がやってやる。気持ちいいことは全部だ。一人でなんか、二度と弄らせねえ。もしやろうとしても、俺が阻止する」

きっぱりと宣言して、夜刀が乳首に吸いついてきた。

まだ硬さを残していたらしい突起が、舌先に嬲《なぶ》られて上下左右にころころと転がる。くすぐったさなど、微塵《みじん》も感じない。

快感の波が全身に流れて、ひたすらに気持ちがいいだけだ。鴇守の乳首はそういう器官に変えられてしまった。

「あっ、やぁ……っ」

鴇守は夜刀の両肩を摑み、首を振った。

二度の射精で脱力している肉体が愉悦に支配され、頭から爪先まで、一本芯が通ったみたいにしゃんとなる。

夜刀は鴇守の腹や腰、太腿《ふともも》を撫でまわし、尻の膨らみを揉んでから、その間の割れ目に指先をそっと忍ばせた。

「んんっ」

「鴇守。もっと気持ちいいこと、していいか」

「……そこ、やだ」

問いには答えず、鴇守は複雑な顔をしてむずかった。

夜刀の指が、後孔の表面を撫でていた。あまり触れられたい場所ではない。

「今度はここで気持ちよくなるんだ。信じられないだろうけど、頭がおかしくなるくらい気持ちよくなって、終わったらもう一回してって、俺におねだりする……はずだ」

「……嘘」

「嘘じゃねぇ。試してみようぜ」

仰臥《ぎょうが》していた身体を、夜刀は軽々とひっくり返してうつ伏せにした。

鴇守はなすがままである。抵抗したとしても、夜刀には敵《かな》わない。不安はあるが、頭がおかしくなるくらいの快楽にも、興味があった。

しかし、折られた膝をシーツにつかされ、尻を高く突きだす格好を取らされると、羞恥のあまり暴れたくなった。

「夜刀、やめて！　こんな格好、したくない」

「なんでだ？　すげぇ可愛いぞ。お前の尻、小さいけどいい形してる。それに、ここは初めて見るな」

「夜刀……！」

背後に陣取った夜刀に尻朶《しりたぶ》を広げられて、鴇守は悲鳴をあげた。

肘と膝を使って前進して逃げようとしたが、腰を摑まれて引き戻されてしまう。焦って尻を振ったら、喜ばれた。

「尻の振り方がいやらしすぎるぞ、鴇守。俺の目の前でそんなことしたら、もう止まらねぇだろうが。いい子だから、じっとしてろ。……ああ、綺麗だ。ヒクヒクしてる。今、舐めてやるからな」

「やだっ！　やっ、舐めるな……、ひっ！」

鴇守の尻に、夜刀の顔が埋まった。

なにがどうなっているのか、わからない。ぬるりとしたものが、窄まりの表面に張りついている。

異様な感覚に鳥肌が立った。

舌で舐められているのだと、じきにわかった。乳首でも性器でも、鴇守はその濡れた感触を味わっていたからだ。

「い、や……、やめ……」

舌先でくすぐられたかと思えば、舌全体を使ってべっとりと舐められる。背筋が震えて、力んでいた尻から力が抜けた。

緩んだ窄まりに、すかさず舌が入ってくる。

「ふー……っ、ふっ」

顔を埋めたシーツに声も息も吸わせて、鴇守は未知の快感に翻弄《ほんろう》されていた。

尻なんて感じるところではないはずなのに、押しこまれた夜刀の舌がなかで閃《ひらめ》くたびに、全身が蕩けそうになってしまう。

自重を支えきれずに崩れる脚と腰を夜刀が支え、いっそう深く後孔を舌で抉る。内側の肉を舐められているのが、ありありと感じられた。

唾液で潤され、解された小さな孔に、舌と交代で今度は指が入ってきた。

「あっ、……くっ」

硬くて長い指だ。一本でも相当な容量がある。それがするっと入り、痛みがないことに安堵する。

尻に埋まった指は、何度か抜き差しをして、異物が出入りする感覚を鴇守に教えた。

内側の柔らかい肉を、指の腹が撫でる。上、横、入り口、奥と、鴇守の身体に隠されている、鴇守自身も知らない宝物を探しているみたいに。

「……っ!」

指先がある部分を掠《かす》めたとき、鴇守はびくっと震えた。その反応を見逃さず、指は同じところを何度も擦る。

「ん、くぅっ、あ、や……っ!」

「ここか。ここが気持ちいいか」

夜刀の声が、尻から聞こえた。指を出したり入れたりされている後孔を、間近で見ているのだ。

「ああっ、んーっ！」

鴇守は背中を丸めて身悶えた。

指を含んでいる窄まりの周りを、夜刀はたっぷりと唾液をまとわせた舌で舐めまわし、ちゅっちゅっと何度も吸い上げている。

「俺の印だ。誰にも見せるんじゃねぇぞ」

「あぁ……ぅ、ばか……！」

こんなところを見たがるのは、夜刀くらいのものだ。

夜刀は急ぐことなく指の本数を増やし、三本を束にして奥まで入れても痛みを感じないくらいまで慣らした。

そのころには、鴇守の身体は蕩けきっていて、触れられもしなかった性器が性懲りもなく勃《た》ち上がっていた。

「お前のここに、俺のを入れたい」

「……いいよ」

鴇守は頷いた。事前知識などなくても、これだけ慣らされれば、夜刀のしたいことは明白である。

夜刀は指を抜き、鴇守の身体を仰向けにした。シーツに擦れて赤く尖ったままの乳首と、先走りで濡れている性器を、金色の瞳が嬉しそうに見つめている。

鴇守はとっくに全裸なのに、夜刀はまだ黒の上下を着たままだった。

「夜刀も脱いで。鬼の姿に戻っていいよ」

鴇守がそう呟くと、夜刀の角がにょきっと伸び、耳の先が尖った。脱ぐという動作もなしに、服が取り払われる。

突然現れた全裸に、鴇守は目を奪われた。

夜刀の正装は虎柄の腰巻一丁だから、裸は見慣れているといえば見慣れているが、セックスのときに見るのは格別である。それに腰巻の下は初見なので、余計にどきどきした。

視線を股間へと流した鴇守の息が止まった。

夜刀の男性器は、言葉を失うほどに立派だった。すでに勃起していて、剝《む》きだしの先端が腹につくほど反り返っている。

「大丈夫だ。怖くないし、痛くない」

「……」

絶対に嘘だ。そう思ったが、こういうことで夜刀が嘘をついたことはないから、本当なのかもしれないと思いなおす。

夜刀はなおも言った。

「鬼のコレは気持ちがいい。とんでもなく。並外れて。だから、怯えるな」

夜刀らしいもの言いが、鴇守の緊張を少し軽くしてくれた。

「……うん」

「お前とひとつになりたい」

同意を示して頷けば、夜刀はほっとしたように笑った。初めての交わりに、夜刀も緊張しているのかもしれない。

開かれた脚の間に夜刀が居座り、張りつめた男根の先を鴇守の窄まりに押し当てた。皺《しわ》を伸ばすように、何度か撫でられる。

鴇守は身震いした。怖いけれど、期待もある。

強い圧力を感じると同時に、肉の塊が鴇守のなかに押し入ってきた。なるべく力を抜こうとして、細かく息を吐く。

「上手にできてるぞ、鴇守」

鴇守を褒める夜刀の顔にも、汗が滲んでいる。

大きなものが入ってくる感覚に怯え、身体が自然とずり上がろうとするのを、夜刀の両手が引き止め、引き下ろした。

「は……っ、ううっ……」

指で広げてあっても、もとは狭い後孔にみちみちと肉棒が埋まっていく。

挿入はスムーズで、締めつける媚肉を掻きわけて先端が奥まで届き、すべてが鴇守のなかに沈められた。

圧迫感があって苦しい感じはするものの、夜刀の言ったとおり痛くはなかった。それどころか、内部がむずむずして、なんでもいいから刺激を欲しがっている。

「お前のなか、熱くて気持ちいい。動いていいか」

「……ん、ん」

鴇守は首を上下させて頷いた。

夜刀がそっと口づけてきて、そのまま強く抱き締められる。はじめはゆったりと揺すられ、次第に動きが大きくなっていった。

唾液で舐めて濡らされただけなのに、夜刀の肉棒はとても滑らかに前後して、結合部からぬちゅっぬちゅっという肉の擦れ合う卑猥な音がした。

硬い肉棒との摩擦で熱くなった鴇守の肉襞《にくひだ》が蕩けそうになる。

「あっ、ああ……ん、や……っ」

突かれるときより、引かれるときのほうが快感が強い。夜刀自身の段差の大きい括れが、敏感な肉を引っ掻くように擦るからだ。

「すげぇ、鴇守……！　俺に吸いついてくる、たまんねぇよ」

「はぁ……、や、ん……っ」

夜刀の掠れた声と言葉に、鴇守はさらに感じてしまった。

吸いついてなんかいないと言いたかったが、鴇守の柔肉は鴇守が意識していないのに、たしかに蠢《うごめ》いて剛直に絡みついている。

鴇守はしがみついていた夜刀の背中に、爪を立てた。

「んんぅっ……！」

深く突き入れられ、そこでぐりぐりと腰をまわされると、肉棒の逞《たくま》しさがいっそう強く感じ取れた。雄々しく膨らんだ形まで、はっきりとわかる気がする。

肉襞が奥へ奥へと吸いこもうとする動きに、夜刀はわざと逆らって抜きだしていく。隙間なく埋まっていたものが失われるせつなさに、鴇守は眉根を寄せた。

「やだ……、奥、奥まで……っ」

「奥がいいのか？　気持ちいい？」

「うん、うん……っ、はぅ……！」

ずん、と奥まで貫かれて、鴇守の頭に火花が散った。

初めてで、それも尻を使っているのに気持ちいいという背徳感のようなものが、鴇守をさらに追いこんでいった。

夜刀は腰の動きを速め、締めつける肉筒を突き上げる。ひと突きごとに角度が変わり、鴇守の反応が激しくなるところは念入りに擦られた。

自分では見たことも触ったこともない身体の内部を夜刀に探られ、把握されていく。

「あ、んっ……、やっ、やっ！」

夜刀がついに、鴇守が一番感じる弱点を捉えた。

そこを擦られると、身体がふわっと浮き上がる感じがして怖い。鴇守は両脚を夜刀の腰に絡めて動きを止めようとしたが、なんの突っ張りにもならなかった。

鴇守の脚ごと抱えて、夜刀は勢いをつけて抜き差しを繰り返す。

「このまま、いけ。お前がいったら、俺もだす」

「い、いやっ、やだ……、あぁぁっ！」

夜刀の肌を爪で引っ掻きながら、鴇守はもがいた。

鴇守自身は二人の腹の間で勃ち上がり、揉みくちゃにされている。今にも弾けてしまいそうだが、直接的で決定的な刺激をもらっていないので、達しきれない。

夜刀が手で扱いてくれたら、鴇守が自分で擦れたら、すぐに極めることができるのに。

しかし、夜刀はそれを許さなかった。

鴇守を抱えて陰茎には手出しできないようにし、速く強いリズムで腰を突きこんでくる。絶頂を摑もうと、肉襞がきゅうっと締まってきた。

「いけ、鴇守」

「あっ、あ、あーっ！」

夜刀に耳元で囁かれた瞬間、鴇守は仰け反ってびくびく震えた。

三度目の精液が、腹の上に散った。尻の内側も外側もうねりまくって、夜刀の肉棒にむしゃぶりつく。

夜刀は媚肉の拘束などものともせずに動き、もっとも深いところに突き入れた。締めつける内壁を押し返し、肉棒がさらに硬く太く膨らんで弾ける。

「……っ、あ、あー……っ」

迸る熱い精液が、体内に注ぎこまれていた。

自身の射精の波が終わっていないのに、夜刀の射精を受けて、のぼりつめた頂から下りてこられない。

夜刀の血のように、精液にもそれなりの効果があるのか、三回も達して疲れているはずの身体が、意外なほどに軽かった。

「もっと、もっと、いかせてやる」

舌舐めずりして囁く夜刀の金の瞳が、爛々《らんらん》と輝いている。こんな目をした鬼からは絶対に逃げられないだろう。

逃げたいとも思わない鴇守は、恍惚《こうこつ》とした表情で夜刀を見つめ、キスをねだった。

12

二ヶ月後、鴇守が夜刀と連れ立って駅前の道を歩いていると、星合《ほしあい》に出会った。

星合が鴇守を探しているのか、互いの住まいが徒歩圏内だから偶然会ってしまうのか、鴇守にはわからない。

だが、彼と会話をするのを、鴇守は好ましいと感じていた。

「久しぶりじゃないか。……お前、ずいぶんとマシな顔つきになってるな」

星合は鴇守の顔を見るなり、そう言った。

「お前は相変わらず、くたびれた顔をしてやがるな、退魔師」

鴇守とは違い、夜刀は星合を好ましいとは感じていない。馬鹿にした目つきで見下している し、憎まれ口を叩く。

「俺はもともとこんな顔だ。鬼が人間のふりをしやがって。で、どうなったんだ?」

星合が訊ねたいことはわかっている。

「あれから、ちょっといろいろありまして」

「なんだ、当主になることにしたのか?」

「いいえ。辞退しました」

「辞退って、できたのか？」

「まぁちょっと、いろいろありまして」

「いろいろって、なんだよ。思わせぶりだな」

立ち話もなんだと言って、星合はそこから歩いて十分ほどの喫茶店へ、鴇守と夜刀を連れていった。お洒落《しゃれ》な今どきのカフェではなく、昔ながらの喫茶店なのが彼らしい。

常連客なのか、案内も待たずに店の一番奥のテーブルにつく。

「コーヒーでいいよな？　マスター、ホット三つ」

星合が注文したホットコーヒーが届いてから、鴇守は現在の自分と夜刀について、簡潔に述べることにした。

夜刀との今後を相談した手前、なにも説明しないのは失礼だと思ったからだ。

といっても、紅要の件は口外無用との命が当主から出ているので、退魔師には絶対に話せない。星合にしても、気になるのは鴇守が当主になるかどうかだろう。

「正直、いろいろあったとしか言えないんですが、本当にいろいろあって、いろいろ悩んだんですが、次期当主の件はお断りしました。いくら夜刀が強くても、俺には矢背一族を引っ張る当主の力は絶対にありませんから。これから学べばいいと言われても、重責に潰《つぶ》されて使いものにならないと思いますし」

「よく、当主が納得したな」

「納得したというか、仕方ないと諦めたって感じかもしれません。何度も呼びだされて考えなおせって言われたり、ご当主さま以外の側近たちも出てきて、夜刀の力を使わないのは宝の持ち腐れだとか、矢背家は夜刀を以て最高の時代を迎えるのだとか、あの手この手で責められたり……矢背家って怖いなって思いました。あんまりにも責められるから、つい、わかりました当主になりますって言いそうになりましたよ。そう言えば、楽になれると思って。夜刀が止めてくれて助かりました」

当時のプレッシャーを思いだして、鴇守はげんなりした。

当主は継げの一点張りで、藤嗣がさらに怖い顔で責め立て、憔悴《しょうすい》する鴇守を季和が優しく慰めるふりで頷かせようとするのだ。

冤罪で警察に捕まった被害者が、やってもいないことをやりましたと言ってしまう気持ちがわかった気がした。

「あいつらはやることが汚ぇんだよ。鴇守ばっかり責めやがって」

夜刀もむしゃくしゃした顔で言った。

「もしかしてそこのポチが、鴇守を苛めるな、苛めたやつはアレするぞ、とか怒鳴って、矢背家のやつらはアレされるのが怖くて、しぶしぶ諦めたとかか？」

星合の推測はいいところを突いている。力関係は夜刀が飛び抜けているので、星合でなくてもわかったかもしれないが。

「まぁ、若干、それに似た空気があったことは否定しません。でも、どうして俺が当主になりたくないのか、矢背家の仕事をどう考えているのか、そのことをきちんと話して、ただ臆病風に吹かれて拒絶してるんじゃないってことは、わかってもらえたと思います。少なくとも、ご当主さまは納得してくださいました」

「それで、お前とポチは今までどおりの仕事を？」

「いいえ」

と言って、鴇守は隣に座っている夜刀をちらっと見た。

「それが、今までどおりの仕事は、しなくてもよくなったんです。俺は矢背家の仕事に疑問を感じてしまった。矢背家のすべてが正しいとは思えなくなってる。そういう鬼使いは今までに何人もいたそうで、どのみち長くつづかないと言われました」

つづかなくても、老齢による引退以外で鬼使いに円満な退職などない。

仕事ができない鬼使いは鬼使いである必要がないから、鬼下しを飲まされて、普通の人間に強制的に戻される。耐えきれずに死に至れば、そこまで。

鴇守はそれを聞いて驚いた。そんな話、勝元は教えてくれなかった。

矢背家から離脱するわけでなし、使役鬼との契約を解除して、もう二度と鬼を使役しませんと誓約書に血判でも捺《お》せばすむ話だと思っていたのだ。

だが、鴇守は鬼下しコースを除外された。

星合には言えないけれど、その気になれば無数の鬼を使役できる鴇守の能力を、若干二十一歳で消すのはあまりにももったいないと惜しまれた。

それに、せっかく矢背家に益をもたらす夜刀の強大な力を使わない手はない。

「その代わり、べつの仕事を与えられたんです」

「べつの仕事？」

「ええ、鬼退治です」

「鬼退治だと。矢背家が退魔師の真似事を始めるつもりか？　業務妨害か！」

星合は職種が競合すると思ったのか、気色ばんだ。

「いや、違います。……たぶん、妨害とかじゃないと思うんですけど。星合さんもご存知ないですか？　最近、力の強い野良鬼がこちらで増えてるらしいんです。六道の辻と人間界の間にある結界の一部が、綻《ほころ》びたか壊されたかしたみたいな増え方だって」

「……」

一転して、星合は黙った。

退魔師としての仕事に関係する部分なのだろう。知らなければ訊ねるはずなので、心当たりがあると思われる。

「俺たちは野良鬼を見つけたら始末するよう、言われています」

とだけ言って、鴇守も詳しいことは黙っていることにした。

紅要が使役していたしろたえ、金剛、葛城はいずれも野合契約で、鬼来式盤《きらいしきばん》を使用していなかった。

夜刀いわく、あれだけの力を持つ鬼は六道の辻にいるのが普通だが、六道の辻の結界を壊して人間界に出てこられるほどの強さも知恵もないらしい。

六道の辻にいる鬼は、鬼使いが鬼来式盤を通じて呼びだしてやっと、人間界に出てこられる。いくら紅要でも、式盤なしの野合であのクラスの鬼を三体同時に、人間界へ引っ張ってこられる力はない。

つまり、あの三体はもともと人間界に潜んでいて、それを紅要が見つけて契約したのではないかという予測が立てられた。

紅要も鬼も死んでしまったから、真実はわからないが、検証を重ねるとそれ以外は考えづらかった。

しろたえのような野良鬼が、人間界に潜んでいたら大変なことになる。

街角の死角から、一人また一人と目撃者のない行方不明者が出て、永遠に発見されることはないだろう。

そこで、鴇守と夜刀は、野良鬼を見つけて滅する仕事を与えられた。

六道の辻に行って、結界に綻びがないか探してこいとも言われているが、鴇守はいまだに六道の辻への行き方がわからず、夜刀は死んでも教えないと頑《かたく》なである。

鬼しかいない六道の辻になんて行きたくないし、もし行ったら、鴇守はモテモテだ。六道の辻で夜刀が嫉妬で激怒して爆発したら、それが原因で結界が壊れるかもしれない。

使役鬼の嫉妬深さは、鬼使いなら誰でも知っているので、早く行けと急《せ》かされたりはしていない。

鴇守の能力も夜刀の力も稀有《けう》なものなのに、有効に活用できないのが腹立たしいようだが、仕方がなかった。

これが、鴇守と夜刀なのだから。


喫茶店で星合と別れて、鴇守は夜刀と並んで歩きだした。

次期当主にならずにすみ、大学は卒業まで通えることになって、鴇守の生活はとりあえず落ち着いている。

夜刀はまったく遠慮しなくなり、可視化できるところでは、人間の姿になってずっと鴇守のそばにいるし、大学の講義中など夜刀がいてはいけないところでは、不可視の鬼に戻ってやっぱりずっと一緒にいた。

ほかの鬼への威嚇《いかく》も全力で行うので、大学や、行き帰りの道でちょいちょい見かけていた鬼たちは、全部追い払われた。

鴇守は夜刀以外の鬼を、ここのところ見ていない。

そんな状態で、野良鬼が見つけられるのか、鴇守にはわからない。自重をしなくなり、垂れ流しされている夜刀の強さに、野良鬼も気づくだろうから、のこのこ寄ってくるとも思えなかった。

そのうちまた本家から呼びだされて、軌道修正されそうだ。

鴇守は夜刀を見上げた。

「夜刀はさ、鬼退治でもよかったのか?」

「なにが?」

「人間に害を加える鬼を退治するっていうのは、人間にとっては必要なことだけど、夜刀は鬼だから、同族を退治するのっていやじゃないのかと思って」

「べつに。お前と目が合った鬼どもは、例外なく色目を使いやがるから、堂々と始末する理由ができて、俺はちょうどいい」

「鬼には同族意識っていうか、仲間意識とかないの?」

「群れてるやつらはどうか知らんが、俺にはない。俺はずっと一人だったし、今は鴇守がいる。俺が守るのは鴇守だけで、ほかは鬼でも人間でもどうでもいいんだ」

まったく軸がぶれない夜刀は、清々しいほどにきっぱりしている。

——俺だけに入れこんで、俺が年を取って死んだらどうするんだろう……。

鴇守は最近、こんなことを考える。

「ずっと一人だったって、夜刀は自分が生まれたときのこと、覚えてるのか？」

鴇守は訊ねた。恋人として夜刀を愛するようになって、鴇守も変わった。夜刀のことが知りたくなったのだ。

どんなふうに生まれ、どうやって育ち、どんな暮らしをしていたのか。夜刀だから、知りたかった。

「あんまり昔のことは覚えてねぇ。ここ数百年くらいのことなら、わりと」

「……数百年」

樹齢三百二十六年の大木が台風でなぎ倒された、という数日前のニュースを思いだして、鴇守は絶句した。

ニュースで見たあの折れた大木が苗木だったころから、大人が三人輪になってやっと手が届くほどの太さに育つ以上の年月を、夜刀が生きていたとは。

「あれ、言ってなかったか？」

「うん。けっこう長いこと生きてるって言ってたけど、数百年は初耳だよ」

「そうだったか」

「夜刀の長い人生について、教えてくれない？」

「教えたくねぇな。お前が気に入る話なんか、ひとつもねぇよ」

夜刀は珍しいくらいに、素っ気ない言い方をした。

つまり、血腥い鬼そのものの生き方をしてきたのだろう。人間もたくさん殺して食べたのかもしれない。

「……そっか。でも、教えてほしいと思うよ。夜刀は俺の半身だから、俺も夜刀のことを知りたい。俺は未熟で、全部が全部受け止められるかどうかわかんないけど、ちょっとずつでも、夜刀の人生を俺も知っていけたらなぁって。勝手だけどね」

「俺はお前のその気持ちだけで嬉しい。だけど、俺は過去を振り返らない鬼だ。実際、そんなに詳しく覚えてねぇし。お前と会ったときからの記憶なら、鮮明だ」

「俺のことはいいよ」

鴇守は慌てて言った。

夜刀が話す鴇守の思い出は、鴇守にとっては恥ずかしいことばかりだ。いつまでおねしょをしていたとか、水たまりで転んで号泣したとか、そういうのは聞きたくない。

「な？　過去を振り返ってもいいことないだろ？　それより、これから先のことを考えようぜ。俺は今すぐ家に帰って、鴇守を裸にして可愛がりたい」

「……！」

背を屈《かが》めて顔を覗きこんできた夜刀が、色っぽい目つきでそんなことを言うので、鴇守は顔を赤くした。

初めて抱き合ってから、二人はほとんど毎日セックスをしている。夜刀との交わりは日々深くなり、快感も底なしだった。

一度では終わらず、お互いに何度も達し、いい加減肉体的に疲労が溜まってきてもいいはずなのに、鴇守の身体は以前よりも軽く元気に感じられる。

夜刀ほどの鬼ともなれば、惚れた人間の身体を少しずつ変化させ、いずれ同じ鬼に同化させることも可能だと、鴇守はまだ知らない。

日が落ちて薄闇が広がるなか、二人は寄り添い合って家路を急いだ。

「お前は俺のもの。俺はお前のものだ。——ずっと」

そのとき強い風が吹いて、夜刀の囁きは鴇守の耳に入ることなく消えていった。

あとがき

こんにちは。この本をお手に取ってくださり、ありがとうございます。

キャラ文庫さんでは初めてお目にかかります。初っ端から弾けて、鬼の話を書いてしまいました。

攻めを鬼にするのは決めていて、鬼なんだから虎パンは外せない、人外生物なんだから執着愛は外せない、変態でない攻めなんて攻めの資格がない、受けを愛しているならセクハラするべき、デリカシーは長い旅に出ている、ヘタレ、という私の心の棚にある萌え要素を足していったら、こんなことになりました。

セクハラは小鬼ならではの特性を生かし、もっとネチネチやりたかったです。

たとえば、鴇守《ときもり》が着用中のパンツの中を自分の部屋だと勝手に決め、鴇守と喧嘩したときには「鴇守のバカー！」とか叫びながら、鴇守が穿いているパンツにいそいそと潜りこんで出てこない夜刀《やと》とかです。籠城している間は、大好きなパンツの中身にしがみついて眠ります。

鴇守は眠れません（笑）。パンツのゴムが伸びるから、やめてほしいですよね。

パンツの中身といえば、夜刀の虎柄腰巻の下が気になって気になってたまらない方大多数だと思います。

私としては私自身が強く激しく熱く萌えてしまうアイテム、白くて長くて巻いて使う例のアレ（正式名称は自重します）をキュッと締めている設定を推奨です。ぶらぶらしてると落ち着かないし、動けば中身がチラチラ見えるし、星合と喧嘩したときに、「この変態ノーパン鬼野郎！」などと罵られたら、夜刀より鴇守がダメージを受けそうだし。

今回、イラストは石田要《いしだかなめ》先生にお願いすることができました。夜刀と鴇守に素敵な姿形をつけてくださって、本当にありがとうございました！　ラフを拝見したときからあまりの素晴らしさに萌え滾り、飛んだり跳ねたり転げまわったり大変なことになりました。虎柄のパンツなど描かせてすみません……でも超絶格好よかったです！

お知らせですが、3月22日発売の雑誌、「Chara Selection 5月号」に、石田先生が描いてくださったイメージイラストの口絵に合わせたSSを書かせていただきました。新婚っぽい雰囲気を漂わせつつ、相変わらず、いちゃいちゃしている夜刀と鴇守です。文庫の口絵が雑誌では大きなポスターになっているので、ぜひぜひ、そちらも目を通していただけると嬉しいです。

そして、担当さまには大変お世話になりました。取っ掛かりは早かったのに書くのに時間がかかり、長々とお待たせして申し訳ありませんでした。

最後になりましたが、読者のみなさま、ここまで読んでくださってありがとうございました。またどこかでお目にかかれますように。

二〇一四年二月　　高尾理一《たかおりいち》

この本を読んでのご意見、ご感想を編集部までお寄せください。
《あて先》〒105－8055　東京都港区芝大門2－2－1　徳間書店　キャラ編集部気付
「鬼の王と契れ」係

■初出一覧

鬼の王と契れ……書き下ろし

Chara

鬼の王と契れ

【キャラ文庫】

2014年3月31日 初刷

著者 高尾理一

発行者 川田 修

発行所 株式会社徳間書店

〒105-8055 東京都港区芝大門2-2-1

電話048-451-5960(販売部)

03-5403-4348(編集部)

振替00140-0-44392

印刷・製本 株式会社廣済堂

カバー・口絵

デザイン 鈴木茜(バナナグローブスタジオ)

ISBN978-4-19-900745-3

キャラ文庫既刊

■英田サキ
【DEADLOCK】
【DEADHEAT DEADLOCK2】
【DEADSHOT DEADLOCK3】
【SIMPLEX DEADLOCK外伝】 CUT高階 佑
【恋ひめやも】 CUT小山田あみ
【ダブル・バインド】全4巻
【アウトフェイス ダブル・バインド外伝】 CUT葛西リカコ
【欺かれた男】 CUT乃一ミクロ

■秋月こお
【王朝春宵ロマンセ】シリーズ全4巻 CUT唯月 一
【王朝ロマンセ外伝】シリーズ全3巻 CUT唯月 一
【幸村殿、艶にて候】全7巻 CUT九號
【スサの神謡】 CUT稲荷家房之介
【超法規レンアイ戦略課】 CUT有馬かつみ
【公爵様の羊飼い】全3巻 CUT円屋榎英

■洸
【深く静かに潜れ】 CUT長門サイチ
【パーフェクトな相棒】 CUT亜樹良のりかず
【好みじゃない恋人】 CUT小山田あみ
【ろくでなし刑事のセラピスト】 CUT新藤まゆり
【オーナー指定の予約席】 CUT須賀邦彦
【捜査官は恐竜と眠る】 CUT有馬かつみ
【サバイバルな同棲】 CUT和鐵屋匠
【常夏の島と英国紳士】 CUTみずかねりょう

■いおかいつき
【好きなんて言えない!】 CUT有馬かつみ
【隣人たちの食卓】 CUTみずかねりょう
【探偵見習い、はじめました】 CUT小山田あみ

■池戸裕子
【お兄さんはカテキョ】 CUT汞りょう
【官能小説家の純愛】 CUT一ノ瀬ゆま
【小児科医の悩みごと】 CUT新藤まゆり
【無法地帯の獣たち】 CUT新井サチ
【管理人は手に負えない】 CUT黒沢 椎
【鬼神の囁きに誘われて】 CUT黒沢 椎
【人形は恋に堕ちました。】 CUT新藤まゆり

■烏城あきら
【檻《おり》】 CUT今 市子

■榎田尤利
【歯科医の憂鬱】 CUT高久尚子
【ギャルソンの躾け方】 CUT宮本佳野
【アパルトマンの王子】 CUT緋色れーいち
【理髪師の、些か変わったお気に入り】 CUT二宮悦巳

■音理 雄
【先生、お味はいかが?】 CUT三池ろむこ
【犬、ときどき人間】 CUT高久尚子

■鹿住 槇
【ヤバイ気持ち】 CUT穂波ゆきね
【遺産相続人の受難】 CUT鳴海ゆき
【兄と、その親友と】 CUT夏乃あゆみ

■華藤えれな
【フィルム・ノワールの恋に似て】 CUT小椋ムク
【黒衣の皇子に囚われて】 CUTCiel
【義弟の渇望】 CUTサマミヤアカザ

■可南さらさ
【左隣にいるひと】 CUT木下けい子
【先輩とは呼べないけれど】 CUT穂波ゆきね

■神奈木智
【その指だけが知っている】
【左手は彼の夢をみる その指だけが知っている2】
【くすり指は沈黙する その指だけが知っている3】
【そして指輪は告白する その指だけが知っている4】
【その指だけは眠らない その指だけが知っている5】 CUT小田切ほたる
【ダイヤモンドの条件】シリーズ全3巻 CUT須賀邦彦
【御所泉家の優雅なたしなみ】 CUT円屋榎英
【甘い夜に呼ばれて】 CUT不破慎理
【密室遊戯】 CUT羽根田実
【若きチェリストの憂鬱】 CUT二宮悦巳
【オーナーシェフの内緒の道楽】 CUT新藤まゆり
【愛も恋も友情も。】 CUT香坂あきほ
【月下の龍に誓え】
【烈火の龍に誓え 月下の龍に誓え2】 CUT円屋榎英
【マル暴の恋人】 CUT水名瀬雅良
【恋人がなぜか多すぎる】 CUT高星麻子
【マエストロの育て方】 CUT夏珂
【守護者がめざめる逢魔が時】
【守護者がささやく黄泉の刻 守護者がめざめる逢魔が時2】 CUTみずかねりょう

■楠田雅紀
【史上最悪な上司】 CUT山本小鉄子
【俺サマ吸血鬼と同居中】 CUTCiel
【やりすぎです、委員長!】 CUT夏乃あゆみ

■剛しいら
【顔のない男】シリーズ全3巻 CUT北畠あけ乃
【命いただきます!】 CUT麻生 海
【狂犬】 CUT有馬かつみ
【盗っ人と恋の花道】 CUT葛西リカコ
【天使は罪とたわむれる】 CUT宮本佳野
【ブロンズ像の恋人】 CUT兼守美行

■ごとうしのぶ
【熱情】 CUT高久尚子

キャラ文庫既刊

■榊 花月

[恋人になる百の方法] CUT高久尚子
[狼の柔らかな心臓] CUT亜樹良のりかず
[夜の華] CUT高階 佑
[他人の彼氏] CUT汞りょう
[恋愛私小説] CUT小椋ムク
[地味カレ] CUT新藤まゆり
[待ち合わせは古書店で] CUT木下けい子
[不機嫌なモップ王子] CUT夏乃あゆみ
[本命未満] CUTルコ
[僕が愛した逃亡者] CUT葛西リカコ
[天使でメイド] CUT夏河シオリ
[見た目は野獣] CUT和鐵屋匠
[綺麗なお兄さんは好きですか?] CUTミナヅキアキラ
[オレの愛を舐めんなよ] CUT夏珂
[気に食わない友人] CUT新藤まゆり
[七歳年下の先輩] CUT高緒 拾
[暴君×反抗期] CUT沖銀ジョウ
[どうしても勝てない男] CUT新藤まゆり

■桜木知沙子

[プライベート・レッスン] CUT高星麻子
[ひそやかに恋は] CUT山田ユギ
[ふたりベッド] CUT梅沢はな
[真夜中の学生寮で] CUT高星麻子
[兄弟にはなれない] CUT山本小鉄子
[教え子のち、恋人] CUT高久尚子

■佐々木禎子

[ミステリ作家の献身] CUT高久尚子
[僕の好きな漫画家] CUT香坂あきほ
[弁護士は籠絡される] CUT金ひかる
[執事と眠れないご主人様] CUT榎本
[治外法権な彼氏] CUT有馬かつみ
[アロハシャツで診察を] CUT高久尚子
[仙川准教授の偏愛] CUT新藤まゆり
[妖狐な弟] CUT佳門サエコ

■秀香穂里

[くちびるに銀の弾丸] シリーズ全2巻 CUT祭河ななを
[チェックインで幕はあがる] CUT高久尚子
[虜 —とりこ—] CUT山田ユギ
[誓約のうつり香] CUT海老原由里
[禁忌に溺れて] CUT亜樹良のりかず
[ノンフィクションで感じたい] CUT新藤まゆり
[艶めく指先] CUTサクラサクヤ
[烈火の契り] CUT彩
[他人同士] 全3巻 CUT新藤まゆり
[大人同士]
[恋人同士 大人同士2] CUT新藤まゆり
[堕ちゆく者の記録] CUT高階 佑
[真夏の夜の御伽噺] CUT佐々木久美子
[桜の下の欲情] CUT汞りょう
[隣人には秘密がある] CUT山田ユギ
[なぜ彼らは恋をしたか] CUT梨とりこ
[闇を抱いて眠れ] CUT小山田あみ
[恋に堕ちた翻訳家] CUT佐々木久美子
[盤上の標的] CUT有馬かつみ
[年下の高校教師] CUT三池ろむこ
[閉じ込める男] CUT葛西リカコ

■愁堂れな

[身勝手な狩人] CUT蓮川 愛
[十億のプライド] CUT汞りょう
[愛人契約] CUT水名瀬雅良
[紅蓮の炎に焼かれて] CUT金ひかる
[花婿をぶっとばせ] CUT高久尚子
[コードネームは花嫁] CUT汞りょう
[怪盗は闇を駆ける] CUT由貴海里
[屈辱の応酬] CUTタカツキノボル
[金曜日に僕は行かない] CUT麻生 海
[行儀のいい同居人] CUT小山田あみ
[激情] CUT羽根田実
[二時間だけの密室] CUT高久尚子
[月ノ瀬探偵の華麗なる敗北] CUT亜樹良のりかず
[法医学者と刑事の相性]
[法医学者と刑事の本音 法医学者と刑事の相性2] CUT高階 佑
[嵐の夜、別荘で] CUT二宮悦巳
[入院患者は眠らない] CUT新藤まゆり
[極道の手なずけ方] CUT和鐵屋匠
[捜査一課のから騒ぎ]
[捜査一課の色恋沙汰 捜査一課のから騒ぎ2] CUT相葉キョウコ
[仮面執事の誘惑] CUT香坂あきほ
[家政夫はヤクザ] CUTみずかねりょう
[猫耳探偵と助手]
[猫耳探偵と恋人 猫耳探偵と助手2] CUT笠井あゆみ
[孤独な犬たち] CUT葛西リカコ
[月夜の晩には気をつけろ] CUT兼守美行

■菅野 彰

[毎日晴天!]
[子供は止まらない 毎日晴天!2]
[子供の言い分 毎日晴天!3]
[いそがないで。 毎日晴天!4]
[花屋の二階で 毎日晴天!5]
[子供たちの長い夜 毎日晴天!6]
[僕らがもう大人だとしても 毎日晴天!7]
[花屋の店先で 毎日晴天!8]
[君が幸いと呼ぶ時間 毎日晴天!9]
[明日晴れても 毎日晴天!10]
[夢のころ、夢の町で。 毎日晴天!11]
[花屋の店番 毎日晴天!12] CUT二宮悦巳
[高校教師、なんですが。] CUT山田ユギ

■杉原理生

[親友の距離] CUT穂波ゆきね

キャラ文庫既刊

[きみと暮らせたら] CUT 高久尚子
[息もとまるほど] CUT 三池ろむこ
[恋を綴るひと] CUT 葛西リカコ

■砂原糖子
[シガレット×ハニー] CUT 水名瀬雅良

■春原いずみ
[銀盤を駆けぬけて] CUT 須賀邦彦
[真夜中に歌うアリア] CUT 沖銀ジョウ
[警視庁十三階にて]
[警視庁十三階の罠 警視庁十三階にて2] CUT 宮本佳野
[略奪者の弓] CUT Ciel

■高岡ミズミ
[夜を統べるジョーカー] CUT 実相寺紫子
[お天道様の言うとおり] CUT 山本小鉄子
[依頼人は証言する] CUT 山田シロ
[人類学者は骨で愛を語る] CUT 汞りょう
[僕が一度死んだ日] CUT 穂波ゆきね
[闇夜のサンクチュアリ] CUT 高階 佑
[鬼の接吻] CUT 禾田みちる

■高尾理一
[鬼の王と契れ] CUT 石田 要

■高遠琉加
[神様も知らない]
[楽園の蛇 神様も知らない2]
[ラブレター 神様も知らない3] CUT 高階 佑

■谷崎 泉
[諸行無常というけれど]
[落花流水の如く 諸行無常というけれど2] CUT 金ひかる

■月村 奎
[そして恋がはじまる]シリーズ全2巻 CUT 夢花 李
[アプローチ] CUT 夏乃あゆみ

■遠野春日
[眠らぬ夜のギムレット]シリーズ全2巻 CUT 沖麻実也
[ブリュワリーの麗人] CUT 水名瀬雅良
[高慢な野獣は花を愛す] CUT 汞りょう
[華麗なるフライト]
[管制塔の貴公子 華麗なるフライト2] CUT 麻々原絵里依
[砂楼の花嫁]
[花嫁と誓いの薔薇 砂楼の花嫁2] CUT 円陣闇丸
[玻璃の館の英国貴族] CUT 円屋榎英
[芸術家の初恋] CUT 穂波ゆきね
[欲情の極華] CUT 北沢きょう
[獅子の系譜]
[獅子の寵愛 獅子の系譜2] CUT 夏河シオリ
[蜜なる異界の契約] CUT 笠井あゆみ
[黒き異界の恋人] CUT 笠井あゆみ

■中原一也
[仁義なき課外授業] CUT 新藤まゆり
[後にも先にも] CUT 梨とりこ
[居候には逆らえない] CUT 乃一ミクロ
[中華飯店に潜入せよ] CUT 相葉キョウコ
[親友とその息子] CUT 兼守美行
[双子の獣たち] CUT 笠井あゆみ
[野良犬を追う男] CUT 水名瀬雅良
[ブラックジャックの罠] CUT 小山田あみ
[媚熱] CUT みずかねりょう

■凪良ゆう
[恋愛前夜] CUT 穂波ゆきね
[天涯行き] CUT 高久尚子
[おやすみなさい、また明日] CUT 小山田あみ

■西江彩夏
[片づけられない王様] CUT 麻生ミツ晃

■西野 花
[溺愛調教] CUT 笠井あゆみ

■鳩村衣杏
[共同戦線は甘くない!] CUT 桜城やや
[やんごとなき執事の条件] CUT 沖銀ジョウ
[汝の隣人を恋せよ] CUT 和鐵屋匠
[両手に美男] CUT 乃一ミクロ
[友人と寝てはいけない] CUT 小山田あみ
[歯科医の弱点] CUT 佳門サエコ

■樋口美沙緒
[八月七日を探して] CUT 高久尚子
[他人じゃないけれど] CUT 穂波ゆきね
[狗神の花嫁]
[花嫁と神々の宴 狗神の花嫁2] CUT 高星麻子

■火崎 勇
[楽天主義者とボディガード] CUT 新藤まゆり
[荊の鎖] CUT 麻生 海
[それでもアナタの虜] CUT 司狼 亨
[そのキスの裏のウラ] CUT 羽根田実
[お届けにあがりました!] CUT 山田シロ
[灰色の雨に恋の降る] CUT 皇ソラ
[牙を剥く男] CUT 汞りょう
[満月の狼] CUT 有馬かつみ
[刑事と花束] CUT 夏珂
[足枷] CUT Ciel
[龍と焔] CUT いさき李果
[理不尽な求愛者] CUT 駒城ミチヲ
[ラスト・コール] CUT 石田 要

■菱沢九月
[小説家は懺悔する]シリーズ全3巻 CUT 高久尚子
[夏休みには遅すぎる] CUT 山田ユギ

キャラ文庫既刊

【本番開始5秒前】CUT新藤まゆり
【セックスフレンド】CUT水名瀬雅良
【ケモノの季節】CUT汞りょう
【年下の彼氏】CUT穂波ゆきね
【好きで子供なわけじゃない】CUT山本小鉄子
【飼い主はなつかない】CUT高星麻子

■松岡なつき

【ブラックタイで革命を】シリーズ全2巻 CUT緋色れーいち
【センターコート】全3巻 CUT須賀邦彦
【旅行鞄をしまえる日】CUT史堂 櫂
【NOと言えなくて】CUT果桃なばこ
【WILD WIND】CUT雪舟 薫
【FLESH & BLOOD①～㉑】CUT①～⑪雪舟 薫／⑫～彩
【FLESH & BLOOD外伝 ―女王陛下の海賊たち―】CUT彩
【H・K《ホンコン》ドラグネット】全4巻 CUT乃一ミクロ
【流沙の記憶】CUT彩

■水原とほる

【青の疑惑】CUT彩
【午前一時の純真】CUT小山田あみ
【ただ、優しくしたいだけ】CUT山田ユギ
【氷面鏡】CUT真生るいす
【春の泥】CUT宮本佳野
【金色の龍を抱け】CUT高階 佑
【災厄を運ぶ男】CUT葛西リカコ
【義を継ぐ者】CUT高階 佑
【夜間診療所】CUT新藤まゆり
【蛇喰い】CUT和鐵屋匠
【気高き花の支配者】CUTみずかねりょう
【二本の赤い糸】CUT金ひかる
【The Barber―ザ・バーバー―】
【The Cop―ザ・コップ― The Barber 2】CUT兼守美行

【ふかい森のなかで】CUT小山田あみ
【彼氏とカレシ】CUT十月絵子
【愛と贖罪】CUT葛西リカコ

■水無月さらら

【九回目のレッスン】CUT高久尚子
【裁かれる日まで】CUTカズアキ
【主治医の采配】CUT小山田あみ
【新進脚本家は失踪中】CUT一ノ瀬ゆま
【美少年は32歳!?】CUT高星麻子
【元カレと今カレと僕】CUT水名瀬雅良
【ベイビーは男前】CUTみずかねりょう
【寝心地はいかが?】CUT金ひかる

■水壬楓子

【桜姫】シリーズ全3巻 CUT長門サイチ
【シンプリー・レッド】CUT汞りょう
【作曲家の飼い犬】CUT羽根田実
【本日、ご親族の皆様には。】CUT黒沢 椎
【森羅万象 狼の式神】
【森羅万象 水守の守】
【森羅万象 狐の輿入】CUT新藤まゆり

■宮緒 葵

【二つの爪痕】CUT兼守美行

■夜光 花

【シャンパーニュの吐息】CUT汞りょう
【君を殺した夜】CUT小山田あみ
【七日間の囚人】CUTあそう瑞穂
【天涯の佳人】CUT DUO BRAND.
【不浄の回廊】
【二人暮らしのユウウツ 不浄の回廊2】CUT小山田あみ
【眠る劣情】CUT高階 佑
【愛を乞う】CUT榎本
【束縛の呪文】CUT香坂あきほ
【ミステリー作家串田寥生の考察】CUT高階 佑

【バグ】CUT湖水きよ

■吉原理恵子

【二重螺旋】
【愛情鎖縛 二重螺旋2】
【攣哀感情 二重螺旋3】
【相思喪曖 二重螺旋4】
【深想心理 二重螺旋5】
【業火顕乱 二重螺旋6】
【嵐気流 二重螺旋7】
【双曲線 二重螺旋8】CUT円陣闇丸
【間の楔】全6巻 CUT長門サイチ
【影の館】CUT笠井あゆみ

■渡海奈穂

【兄弟とは名ばかりの】CUT木下けい子
【小説家とカレ】CUT穂波ゆきね
【学生寮で、後輩と】CUT夏乃あゆみ

〈四六判ソフトカバー〉

■英田サキ

【HARD TIME DEADLOCK外伝】CUT高階 佑

■ごとうしのぶ

【ぼくたちは、本に巣食う悪魔と恋をする】CUT笠井あゆみ

■凪良ゆう

【きみが好きだった】CUT宝井理人

■菱沢九月

【同い年の弟】CUT穂波ゆきね

■松岡なつき

【王と夜啼鳥《ナイチンゲール》 FLESH&BLOOD外伝】CUT彩

■吉原理恵子

【灼視線 二重螺旋外伝】CUT円陣闇丸

〈2014年3月27日現在〉